弁当屋さんのおもてなし

まかないちらしと春待ちの君

喜多みどり

目次

人物紹介

●小鹿千春《こじかちはる》
コールセンターに勤務するOL。
『くま弁』のお弁当が大好き。

●大上祐輔《おおかみゆうすけ》(ユウ)
弁当屋『くま弁』の店長。
ミステリアスな雰囲気の好青年。

●華田将平《はなだしょうへい》
ユウの昔馴染み。
現在は伯父の民宿で修業中。

●公森《こうもり》
最近定年退職をした
『くま弁』の常連。

●根子田《ねこた》
千春が勤めるコールセンターに
何度も問い合わせをしてくる客。

●タマキ
無口な男性。何やら千春のことを
気にしているようで……?

●鹿沼光子《かぬまみつこ》
千春が東京で出会った
品のいい老婦人。

イラスト/イナコ

•第一話• 再来の君とまかないちらし

北海道の北東に位置するオホーツク海は、豊かな漁場だ。

海水中の豊富な栄養塩を食べて植物プランクトンが、植物プランクトンを餌としてオキアミなどの大型のプランクトンが、オキアミを食べてまた小魚が繁殖し、季節ごとに様々な海産物が獲《と》れる。

だが、年に二ヶ月ほど、海に船を出せない時期がある。

流氷が海を覆う、一月中旬から三月末までだ。

白く海を覆った氷の下では、無数の命が春を待って眠っている。


華田将平《はなだしょうへい》はユウのファンだ。

彼が来店したのは、これまでに二回。おそらく本人はもっと通いたいのだろうが、何しろかなり遠方に住んでいるため叶《かな》わない。

二年ほど前、東京での夢破れた彼は故郷の厚岸《あっけし》に戻り、さらに最近サロマ湖畔の常呂《ところ》に移り住んだ。そこで親族が経営している民宿を手伝っているという。

同じ北海道とはいえ、厚岸から札幌《さっぽろ》までの間にはおよそ三百五十キロ、常呂からなら三百キロの道のりが横たわる。三百五十キロというと、東京から名古屋《なごや》くらいの距離だ。

いくら名古屋に大好きな店があっても、なかなか東京からは通えない。そんな距離を乗り越えて、将平が久しぶりに店にやってきたのは、常呂から流氷も離岸した三月下旬のことだった。

くま弁は豊水《ほうすい》すすきの駅から徒歩五分、繁華街の喧噪《けんそう》から少し離れた、住宅街との狭間《はざま》に位置する。

北海道に暮らし始めて二年と数ヶ月になる小鹿千春《こじかちはる》は、自宅からやはり徒歩五分程度のこの店に足繁く通っている。それはくま弁の弁当を買うためであり、弁当を作るユウに会うためでもある。ユウとは交際九ヶ月になり、穏やかな時間を過ごせている。

この日も千春はくま弁を訪れようとしていた。

だが、この時期にしては朝から気温が低く、ちらついていた雪は千春が外出した昼頃には吹雪になっていた。風が強く吹き付けて、視界は悪く、前がよく見えない。

あまりの風の強さに途方に暮れた千春は、歩道で立ち止まって空を見上げた。

頭上に広がる空は雪雲で覆われて、そこから雪が降ってくるのだが、何しろ風が強いので、地上に積もった雪が巻き上げられて、地吹雪と化している。上も下も白い世界に包まれた千春は、境目なんか何もない氷の中に閉じ込められているように感じた。

（怖いなあ）

建物に遮られているからこの辺りはそこまでではないが、もっと吹きさらしの場所――

──たとえば川原の土手とかを歩いていると、吹き飛ばされてしまいそうになる。吹き付けてきた雪が身体について、体温で溶けて、凍って、また体温を奪い続け、身体が氷像になったみたいに身動きがしにくくなる。

これは果たして『あの人』は来られるのかな、と千春は疲れた頭で考えた。JRやバスも運休するレベルではなかろうか。

それでもようやく千春はくま弁の赤い庇《ひさし》テントを見上げる場所までたどり着いた。鼻が痛いし頬も痛い。帽子を被《かぶ》ってマフラーを巻いて手袋もしていたが、肌が露出したところは冷気にさらされる。時計を確認すると十三時十分。途中で和菓子屋に寄ったとはいえ、今日は随分時間がかかってしまった。

くま弁の店舗脇に取り付けられた住居用ドアのチャイムを鳴らすと、すぐに熊野《くまの》が出てきて迎えてくれた。

「やあ、いらっしゃい。大変な天気だね」

千春はコートに着いた雪を払ってから玄関に入った。

「こんにちは……いやあもうすごい天気で……あ、これ皆さんで……」

「ああ。こりゃどうも」

黒豆大福の入った和菓子屋の手提げ袋を受け取り、熊野は笑顔で礼を言う。

「将平さん大丈夫だったんですか?」

「ああ、来てるよ。ほら、天気がここまでになる前にこっちに着けたみたいで……会うの久しぶりだね」

「私、前に将平さんに会ったの一昨年《おととし》の七月ですよ」

「あ、じゃあ去年来た時は会わなかったんだね」

「ええ、予定合わなくて――」

玄関に入るとすぐ階段があるが、それを上らずに冷たい廊下を歩いていくと、右手に襖《ふすま》、左手奥にトイレのドアがある。熊野は襖に手をかけた。そちらが、くま弁の休憩室であり臨時の応接室にもなる和室で――

「アニキに弟子入りしたいんです！」

室内から響いたのは、華田将平の声だった。

千春は思わず熊野を見やった。熊野も千春と目を合わせ、わけがわからないという顔をしていた。

ここで突っ立っていても仕方ないので、熊野が襖を開いて、中へ入った。

熊野に続いて中へ入った千春が見たのは、土下座する将平と、困惑したユウの姿だった。

華田将平は体格の良い男性で、年はたぶん千春と同じか少し下。前に会った時は猫の刺繍《ししゅう》入りの白いジャージという ファッションだったが、今回はセーターにジーンズだ。

将平は千春の存在など意に介さず、ユウに向かって頭を下げたままで、ユウはどうやらなんとかして将平の頭を上げさせようとしているらしいが、将平が頑として拒んでいる。

「あの、お取り込み中に……えっと……お邪魔でしたか？」

千春がそう尋ねると、将平は勢いよく頭を上げた。

以前リーゼントにしてばっちり決めていたヘアスタイルは今も変わらず、ただ、額の上のポンパドールが小さくなった気がするから、髪を切ったのかもしれない。紫のセーターの胸には以前着ていたジャージと同じく猫が刺繍され、楽しそうに伸びをしている。

彼は千春を見て、あれっ、と大きな声を発した。

「あんた……確かバンビみたいな名前の……」

「……小鹿です」

自分の地味さを思い出し、千春は苦笑した。千春にとってみたら将平はあまりに強烈な印象を残していった人物で、到底忘れられないのだが、向こうからしてみれば千春は大好きなユウの店に通う地味な客、というくらいで、特に記憶に引っかかるものもなかったのだろう。

だが、将平はにやりと笑った。

「なんてな、恩人のこと忘れたりしねえよ。小鹿千春サン」

「…………！」

しっかりフルネームまで覚えていてくれたとは。千春は正直嬉《うれ》しかったが、素直に喜びを表すのも騙《だま》された手前悔しく、反応に困った。

だが、開けっぴろげに笑う将平を見て、そんなひねくれた態度を取るのも馬鹿らしくなり、気付くと自然と笑みを浮かべていた。

「お久しぶりです、将平さ……あ、すみません、華田さん」

ユウがよく将平の話をしてくれるせいで、つられて名前呼びをしてしまった。何度も会ったわけでもない相手に失礼だろうと訂正したが、将平は笑って言った。

「将平でいいぜ！」

「え、ありがとうございます……いや、ええと、私恩人なんて言われるようなことしてないですよ」

「んなことねえよ。俺のこと親身になって心配してくれたし、励ましてくれただろ。おかげで俺はアニキから……アニキの料理から逃げずに済んだんだ」

「はあ……」

気恥ずかしくなり、千春は曖昧《あいまい》な言葉を返した。下手に反論すると、さらに恥ずかしいことを言われそうだった。

いや、そもそも、先ほどの土下座が気になってそれどころではなかった。

熊野が千春のコートをハンガーにかけ、雪で濡《ぬ》れたマフラーと手袋と帽子をストーブの前に置いてくれた。千春は勧められるままに座布団に座らせてもらい、将平に尋ねてみた。

「あの、それで、将平さんは、何かユウさんに頼みごとでも……？」

「ああ！　そうなんだ、実は、俺、今親戚《しんせき》の民宿で働かせてもらってるんだけどな」

その話は、ユウに届いた手紙を見せてもらったから知っている。将平はこう見えて達筆の上に筆まめで、時々ユウに手紙を送っていた。メールでもアプリのメッセージでもなく、直筆の手紙を、だ。

「確か、サロマ湖の方の……」

「そうだよ、そこで俺の父方の伯父貴《おじ》が漁師してて、家族で民宿経営してるんだ。俺は半年前からそれを手伝わせてもらってる」

「じゃあ、お仕事お忙しいんじゃないんですか？」

「まあなあ。流氷シーズン終わったけど、これからカニとかのシーズンだからな、春休みもあるし」

どうも、話を聞くと結構忙しい時期だったのではないだろうか。

千春の疑問に気付いてか、将平はどこかぎこちなく視線を逸《そ》らして説明してくれた。

「伯父貴が休みくれたんだよ。とにかく、それで久々にアニキに会いにきたってわけさ」

「そうでしたか」

将平はユウをアニキ分として慕っているのだ。

「会いに来てくれたのは嬉しいんですが……」

ユウが困った様子で口を開いた。

「弟子入りというのはどういうことですか？」

「そのまんまですよ。アニキに料理を教えてもらいたいんです」

そう言うと、将平は再びユウに向き直り、また土下座の体勢になろうとした。それをユウが慌てて止める。

「やめてください！　料理って、どうして……」

「民宿で働いているって言ったでしょう。厨房《ちゅうぼう》が俺の担当なんです。俺ぁ一人暮らしもしてたし自炊経験くらいはありますけど、飲食店で働いた経験はなくて、今は修業中なんです。あんまりたいしたことできなくて……でも、もっと役に立ちたいんです。せっかく働かせてくれた伯父貴たちに、使えるやつだって思ってもらいたいんです。それで、民宿をもっと盛り立てていけたら、俺を雇ってくれた伯父貴たちにも恩返しになるんじゃないかって。でも、伯父貴は……」

将平は俯《うつむ》いて何か言いかけたが、結局言葉を濁した。

「とにかく、俺を鍛えていただけないかと思って、お願いに来たんです！」

勢いよく頭を下げるものだから、ユウもその勢いに圧倒されて、目を丸くして将平の後頭部を見つめていた。

だが、すぐに、ユウは将平に頭を上げさせて、真剣な表情で尋ねた。

「……何か、あったんですか？」

「えっ」

「困ったことがあって、頼ってきてくださったのかと思ったのですが」

「困ったというわけじゃ……」

言いかけて、また俯いて言葉を呑《の》むようにも見えたが、彼は結局顔を上げてユウを見た。

「俺、自分を変えたいんです」

変えたい。

前向きな言葉のようで、今の自分を否定するような響きもある言葉だ。

千春のお茶を持ってきた熊野は、あぐらをかいてユウの隣に腰を下ろし、鷹揚《おうよう》に構えて将平に尋ねた。

「で、具体的に何を教えてほしいんだい、華田君はさ。そんなに長々と休んできたわけじゃないだろう？　春休みシーズンだってこれからだし……」

はい、と将平は神妙な顔で頷《うなず》いた。発音としては、へい、に近いかもしれない。

「休みは二日なんで、明日には帰ります」

「二日じゃあ、わざわざここまで来た意味あるのかい？　向こうの厨房に入ってたって、勉強はさせてもらえるんじゃあないのか？」

「俺、少しでも、役に立てるようになりたいんです。休みもらっちまったから、宿の厨房じゃあ働かせてもらえないし……アニキの腕前も、料理人としての心構えも、俺ぁめちゃくちゃ信頼してるんです。尊敬してるんです。短い時間でも、一緒にやらせてもらって、自分にカツを入れたいんです。勿論《もちろん》、ただでとは言いません、御礼は必ず――」

「いや、たぶんそういう問題じゃないんだろうけどね」

熊野はユウを見やった。熊野が店のオーナーであることには変わりないが、店長の立場はしばらく前にユウに譲っている。

ユウは思案顔だった。

「弟子入り……していただいたとしても、たいしたことは教えられないと思いますよ」

しばらく考えたのちにユウはそう切り出した。

「自分を変えたいから弟子入りしたいというのはわかりましたが、変えるのは僕ではなく、将平さんだと思いますし。今働いているところで、じっくり勉強するのではどうして駄目なんですか？」

「それは……」

ぐっと言葉に詰まった様子の将平は、膝《ひざ》の上に置いた手を握りしめた。

そして、言いにくそうに、だが勇気を振り絞って言ったのだった。

「俺ぁ、見限られたんだ」

だが、将平は休みは二日だと言っていたし、仕事を解雇されたわけではなさそうだ。

「えっ……でも、クビになったわけじゃないんですよね？」

千春がそう尋ねると、将平は意気消沈した様子で肩を落とした。

「ああ……でもな、伯父貴に言われちまったんだ。厨房では頑張ったな、次からは接客はどうだって。配置換えだ」

なるほど、働いて半年というから、伯父という人も適性を見た上でそう言ってくれたのだろう。

「その方が合っているというのなら、そうしてみてもいいんじゃないですか？　厨房にこだわり続けるのはどうしてなんですか？」

千春がそう尋ねると、将平は、力なく首を横に振る。

「そもそも、伯父貴が俺を雇ってくれたのは、厨房を手伝ってた伯父貴の娘、俺の従姉妹《いとこ》が結婚して隣町に移ったからなんだ。俺が駄目ってなると、厨房に誰か入れなきゃならねえ。でも、俺を雇い続けたまんまでさらにもう一人雇い入れるのは、伯父貴の負担がでかい。それに、俺だって期待に応《こた》えたいんだ」

「なるほど……でも、それだけやる気で、どうしてそういうことになったんですか？」

「失敗が重なっちまって……」

将平は口ごもり、また俯いてしまった。

「……伯父貴は、休めって言ってくれたんだけどよ、俺はそんな気になれねえんだ。自分を鍛え直したい……それで、俺が一番尊敬する、一番美味《うま》い飯を作るアニキを頼ってきたわけなんだ……」

将平は絞り出すような声で言うと、みたび畳に手をついて頭を下げた。

「伯父貴には、異動はもう少しだけ待って欲しいって頼んできました。アニキ、お願いします。俺に、料理を教えてください……いや、アニキの下で働かせてください。それが無理なら、俺をぶん殴って、カツ入れてください！」

ええ……と千春は心の中で声を上げた。

また将平は随分と思い詰めているようだ。彼はそういうところがあって、前に千春が会った時も、会社を潰《つぶ》してしまったことを悔い、『最後の食事』にユウの弁当を選んだくらいだ。

ユウは少し自信なげに微笑んだ。

「……わかりました。僕でお力になれるかはわかりませんが、二日間、よろしくお願いします」

「！　ありがとうございます！」

将平は下げていた頭を勢いよく上げてユウを見上げ、それからまた、深々とその頭を下げた。

その真面目な、思い詰めてしまう性格を思い、千春は少なからず心配になった。二日で覚えられることなんてそんなにないだろう。将平は自分の心を鍛え直したい、カツを入れたいという思いからユウへの弟子入りを望んだのだろうが、それでも結局自分を変えられたという実感を得られなければ、余計に落ち込むことになるのではないだろうか。

ユウもどこか心配そうな眼差《まなざ》しを将平に向けている。

「あの……」

千春は気付くと色々思い悩む前に口に出していた。ユウたちの視線が集まり、迷いがあった千春も意を決して申し出た。

「私も一緒にお手伝いさせてもらってもいいですか？」

ユウは、えっ、と声を上げ、将平も驚いた様子で千春を見つめた。

千春はどう説明したものかと言葉を詰まらせた。何しろ、将平が心配だからなんて正直に言えば将平を傷つけたり恐縮させたりしてしまうだろう。

そのとき、熊野が助け船を出してくれた。

「そういえば、前のお料理教室、小鹿さんキャンセルしてたね」

数週間前、千春は熊野がご近所相手に開いている料理教室に参加申し込みをしてみたのだが、たまたま風邪を引いてしまってキャンセルとなったのだ。また参加したいとは思っているが、ちょっと予定が合わず見合わせているところだ。

「あのときはすみません」

「いや、いいんだよ。小鹿さんも料理習いたかったんだから、ちょうどいいね」

「そっ、そうです！　そう思います」

千春は熊野の出した助け船に飛びついた。ちらりと将平の様子を見ると、幾分釈然としない表情だ。考えてみれば将平は真剣に自分を鍛え直そうとユウに頼み込んでいるのだから、料理教室気分の千春も参加するとなれば、不満もあるのだろう……。

「……うちの厨房そんなに広くないですよ。開店するとばたばたするので、あまり大人数では身動きが取りにくくなってしまうかと……」

ユウが、おそらくは千春の配慮に気付いた上でそう言ってきた。

「じゃあ、私開店したあとはカウンターの外でお客さんの誘導とかしてますよ」

「そういうことでしたら、僕は小鹿さんも一緒でいいですよ」

「華田君も、同輩がいた方がきっといいよ」

将平も、熊野にそう言われて納得したような、するしかないというような顔をした。

「アニキがいいなら、俺も文句はないです」

そう言うと、彼はじっと千春を見つめてから、頭を下げた。

「よろしく頼むぜ、小鹿さん！」

「あ、こちらこそ……」

話がなんとかまとまって、千春はほっとした。

千春の仕事はシフト制で、今日は休み。明日は早番だから、開店する頃に店に行くことになるだろう。くま弁の邪魔にならないよう手伝いながら、できるだけ将平の様子に気を配るつもりだが、同時に将平に千春の意図を勘づかせないよう、料理もきちんと習おうとする姿勢を見せなくては。

不安はあったが、とにかくやってみるしかない。

ユウは、時計を見ると、それじゃあ、と言って立ち上がった。

「早速ですが、仕込みを再開しますので、手伝ってもらえますか？」

将平は二つ返事で答え、大きな身体で跳ねるように立ち上がった。

厨房《ちゅうぼう》では直前に出汁《だし》をとっていたらしく、まだ湯気を上げるかつおと昆布の出汁がボウルをなみなみと満たしていた。自分の家で使ったら何日分だろうと千春は思った。何しろ、毎日味噌汁《みそしる》や煮物を作るわけでもなく、作ったとしても一人前を数回分なのだ。何百食も作るわけではないと言っても、商売でやっていると、やはり量が違う。それに、本当に良い匂いだ。千春がいつも買う特売品とは質が違うのか、それとも出汁の取り方が丁寧だからか、すっきりとした香りが厨房に漂っていて、そこに身を置くだけで幸せな気分になる。

いや、満たされてぼんやりしていてはいけない。千春はここに仕事に来たのだ。

多いと言えば、下ごしらえの量も違った。

ユウの指示に従って作業が始まり、千春はそれを実感した。主に千春は野菜を洗ったり、皮を剝《む》いたりという作業を担当し、将平がそれを切る作業を担当した。捻《ねじ》り梅などのちょっと凝った形もあったが、厨房で半年働いたというだけあって、将平の包丁さばきは手慣れたものだった。ユウの指示を聞いて、実際に手本を見せてもらうと、すぐに同じようにやってみせた。何より丁寧だ。このくらいの大きさで作って欲しいと言われれば、最初から最後まで必ずそれを守る。

「すごい、将平さんお上手ですね……」

千春が思わずそう感嘆の声を漏らすと、将平は居心地悪そうに返した。

「大げさだな、小鹿さんは。たいしたことねえよ、このくらい」

「そ……そうですか？」

千春は自信をなくしそうになった。相手は半年とはいえ仕事でやってきた人なのだし、比べたら千春が劣るのは仕方ないのかもしれないが。

「そうさ。俺なんて中途半端で、失敗ばっかりして……」

「今日はまだ失敗してないじゃないですか」

「まだ始めたばっかりだし、たいしたことしてないだろ」

「そう……そうですかね……？」

野菜を洗うだけの千春だが、水が冷たくてすでに手が痛いし、泥付き野菜なんて普段買わないものだから、慣れない作業であちこち泥だらけにしてしまっている。始めたばかりでたいしたことをしていないのは事実だが、そう言われるとなんだかへこむ……いや、不思議なことに、将平も、へこんでいるように見えた。

「……将平さん？」

「あっ、いや……なんでもねえよ」

いつの間にか手が止まっていた将平だったが、千春に声をかけられてまたすぐに作業を再開した。

だが、盗み見たその横顔はどうも気落ちしているように感じられた。

将平は民宿で『失敗』したと言っていたが、果たしてどんな類《たぐ》いの失敗だったのだろうか。今のところ将平はそつなくユウに言われたことをやっているように見えるのだが……。

「……なんだよ」

と思っていたら、視線に気付いたらしい将平に睨《にら》まれた。

何しろ強面《こわもて》なので、睨まれると千春もぎょっとして身を引いてしまう。

それを見て将平がまた傷ついたように視線を逸《そ》らして黙々とにんじんを飾り切りにする。繊細そうな包丁さばきだ。彼自身も繊細な心の持ち主なのだ。

「す、すみません……」

とりあえずじろじろ見ていたことを謝ったものの、さらになんと続けるべきか、あるいはこのまま見守るべきなのか、千春は逡巡《しゅんじゅん》した。ごぼうの泥をたわしで落とす。三月の水はまだまだ身を切るように冷たい。

だが、しばらく互いに黙って作業を続けた後、口を開いたのは将平の方だった。

「俺、バカだから空回りしちまうんだ」

まるで独り言みたいに、ぽつりとそう呟《つぶや》く。

「やり過ぎたりさ。にんじんこうやって切れよって言われて、厨房にあるだけ全部千切りにしちまって、煮物作るにんじんまで切っちまったりとか。最近も、急げよって言われて走って転んで料理台無しにしたりとか」

「………」

焦って失敗したり、よかれと思ってやり過ぎたり。そういうことは、千春自身も経験があるし、伯父《おじ》に恩を感じている将平が、張り切りすぎてそんなふうになってしまうのも想像できた。

「俺は、デザインで生きようって思ってたんだ。でも失敗しちまって、どうしたらいいかわからなくなっちまって、それを拾ってくれたのが今の民宿を経営してる伯父貴なんだ。だから報いたいし、こいつ雇って良かったって思ってもらいてえよ。それなのに、配置換えだろ……」

そこで言葉を詰まらせた将平は、途方に暮れた様子で呟いた。

「俺、めちゃくちゃ格好悪いよな。次に会う時は立派になってアニキのこと助けたいって思ってたのに、結局また助けてもらいに来てる」

将平は一度会社を潰《つぶ》している。千春が初めて出会った将平は、周囲に迷惑をかけたという負い目から思い詰めていて、それをユウには隠そうとしていた。今、こんな言葉を零《こぼ》してくれたのは、相手が千春だからだろう。千春のことを、彼は『同好の士』として信頼してくれているし、たぶん、ユウを相手にする時より、少しだけ弱気なところを見せる。

「……でも、前より素直になれたじゃないですか」

「素直？」

聞き返した将平に、千春は一昨年《おととし》のことを思い出して説明した。

「ほら、初めてくま弁に来た時は、自分の状況とか、困ってることとか、全然話そうとしなかったじゃないですか。それを今回はちゃんと認めて正直に話せたでしょう。自分の弱いところを認めるのって、難しいから」

「……あんた、他人に甘いよなあ」

将平はふて腐れたように言ったが、実際のところは照れているように見えた。

「あんたはどうなんだよ」

「えっ？」

急に話を向けられて、千春は変な声を出した。どうと言われても何の話かわからない。答えられずにいると、将平は奥の扉を顎《あご》で示した。何かと思ったが、そういえばそちらには駐車場があって、今ユウが昼の販売から戻ってきた桂《かつら》を出迎えて、車からばんじゅうを下ろすのを手伝っているはずだ。ちなみに熊野は少し離れた友人宅に将棋を指しに行った。吹雪は千春が外にいた時が一番ひどかったようで、風は落ち着いてきた。夜になれば雪も止むという予報だったから、開店は問題なくできるはずだ。

ユウのことか、と気付いた千春は、やはり返答に窮して赤面した。

「ど……どうって、別に……」

「いや、だから俺、アニキのこと頼んだだろ。話し相手くらいにはなってくれって」

「ん？　あっ、そういえば」

「……忘れてたのかよ」

「いやいや、心してましたよ、はい。それに、話し相手にもなってると思います……」

「……まあ、そうだよな。俺が来たって昼間っから呼ばれてるんだもんな。アニキから、少なくとも友達とは見られてるんだろうな……」

「……はあ……」

正確には友達ではない……千春は少し考えた末、将平には言うことにした。

「あの、実は付き合っているんです」

「おう」

将平は黙々と作業を進めていたが、一呼吸置いて、言われたことを理解したのか、手を止め千春を見やった。最初に口を開け、それから、目を大きく見開いた。

「そうか！　そうか……よかったな、そりゃ」

そう呟き、照れくさそうに笑う。

「なんか……くすぐったいな。くすぐってえよ……」

へへ、と笑って、彼はまた包丁を器用に操り、ごぼうのささがきを作っていく。水にさらされたささがきは、ぷかぷか浮かび、次々投入される新たなささがきに押されてボウルの底へ落ちていく。将平は機嫌良さそうに鼻歌を歌い出した。

「……ありがとうございます」

「ん？　まあ、あれだ、別にどんな関係でもいいんだけどよ、あんたはアニキに踏み込んでくれたんだろ？　それがよかったなあって思うんだ。アニキは、愛想はいいし自分からは踏み込むけど、他人が自分にそうすると、躱《かわ》しちまうっていうか……うまく話をまとめられなかったのか、将平はそこで肩を竦めた。

「とにかく、今後ともアニキを頼むぜ。付き合ってるから無条件で理解できるなんて思わないで、ちゃんと話聞いてやってくれよ？」

「ええ、そうですね」

「そうかあ、アニキとなあ……」

将平は微笑んで呟いた。

「あんた、意外と面食いだったんだなあ……」

「!?　いや、顔で決めたわけじゃないですよ？」

「冗談だよ」

将平はおかしそうににやにや笑った。

「アニキ、格好《かっこ》良いもんな。顔のことじゃなくてさ、いや、顔もいいと思うけどな。ほら、生き方っていうの？　自信持ってる感じがする。料理の腕があるもんな」

将平は、その笑顔を少し寂しげなものに変えた。

「俺は駄目だったなあ。デザインで食っていけるって思ったんだ。本当だぜ。実際、最初は結構順調だった。でもなあ、安い海外製品に押されて、焦っちまったのか、変な話に乗っちまって……まあ、言ってもしょうがねえな、俺がバカだっただけだ。今は伯父貴に迷惑かけて……失敗続きだ」

「そんな……」

なんと声をかけたらいいのか、千春は悩んでしまい言葉が出てこなかった。千春だって失敗を重ねてきた。大学受験だって失敗して第一志望には合格できなかったし、就職活動だって躓《つまず》いてばかりいた。やっと就職できたと思ったら二股《ふたまた》男に引っかかって北海道に転勤だ。どれも自分が望んだ結果ではなかった。本当に自分がやりたかったことはなんだったのか、やりたかった仕事は、自分が求めていた未来像は。

(私が思い描いていた未来ってなんだったっけ？)

突然その疑問が頭に浮かんだ。

今の自分は、入社した時に思い描いていた姿とも違う。

千春の勤める会社は中小企業向けのソフトウェア開発をしていて、近年は有償カスタマーサポートに力を入れている。千春の入社後、サポート関連の業務を集約する目的で札幌にカスタマーセンターが作られたが、今も旧来業務は本社のお客様相談室で行われており、千春は元々そちらに配属されていた。今の仕事もカスタマーサービスの仕事ではあるが、以前と違ってカスタマーと直接関わることは少なく、データ分析とか人員管理とか、マニュアル作成とかが主になる。以前の職場でよくやっていたコール対応は、たまにヘルプに入ったり、オペレーターが対処しきれないカスタマーの時に呼ばれたりするくらいだ。転勤してすぐは慣れない仕事で周囲にも質問しづらくしんどい思いを味わったが、仕事のやり方がわかってかなり楽になった。今は、自分の作ったマニュアルがコール対応の骨子になっているんだと思うと、やりがいを感じる。

入社した時に想像していたものと違うといえば、千春が今いる場所もだ。

北海道の札幌。

転勤でこちらに来た当初は寒さにおびえていたし、到底冬を越せる気がしなかった。今は慣れた……とは言いがたいが、少なくとも耐えていれば春になることはわかっているから、黙って耐えている。マンション暮らしで雪かきが必要ないから、そこはよかったと思う。

こうして考えてみると、自分は流されて、それになんとか慣れて、そのまま居座っているという感じだ。その都度やりがいを見つけたり、やり過ごす方法を見つけられたりしたことは幸運だと思う。

だが、流されたり、与えられたりするのではなく、何か一つを自分から選び取って、それを持ち続けることができたら、どんな風に感じるのだろう。成し遂げたという達成感とか、確信とか、自信とかを持って生きられるのだろうか。

そんな風に生きられたら、どんな気持ちがするものだろう。

「私は……」

千春が口を開いた時、ばたばたと足音が近づいてきて、奥の扉が開いてユウが、続いて桂が顔を出した。

「えっ、どちらさま……」

桂が将平を見て、驚いたように尋ねた。身長差のせいか、千春のことは後から気付いて、あ、小鹿さん、と声をかけてきた。

「どうも、お邪魔してます。こちら、華田将平さん……ユウさんの前の店の常連さんで……」

桂の疑問に答えるべく千春がそう説明したが、その後は、ユウが継いでくれた。

「今日と明日《あした》、店を手伝ってくれることになりました。小鹿さんもです」

「えっ、はあ……」

桂は驚きを隠さずまじまじと将平を見た。将平は背筋をぴんと伸ばして、ほとんど直角に上半身を折った。

「お世話になります！」

声がでかい。

桂は気圧《けお》されたように引きつった表情を浮かべ、あ、はい、と答えた。

「どうも……よろしく……」

それから、彼らしい率直さで、ユウに訴えた。

「いや、手伝いはいいですけど、厨房《ちゅうぼう》、四人も作業できますか？」

「やっぱり難しいかな」

「ユウさんなんも考えてないですね……」

呆《あき》れたように桂は呟《つぶや》き、それを聞いた将平は反射的にまた大きな声で言った。

「俺が悪いんです！　無理にアニキに頼み込んだんです！」

「まあまあ、作業を分担すればなんとかなるから。とりあえず、道具持ってあっちのミニキッチンで米研いでおいてくれる？」

ユウに言われた通り、桂はボウルと米を持っていこうとしたが、それだけでもこの人数がいると動きにくく、ユウが一旦《いったん》廊下に出たほどだった。

「すみません、ご迷惑になっちまって……」

狭いとは聞いていたが予想以上だったのだろう、将平はうなだれて悄然《しょうぜん》としている。

それを見て、千春は先ほど自分が話そうと思っていたことを思い出した。

「将平さん」

顔を上げた将平に、千春は語りかけた。

「私は……私も失敗したことはあります。将平さんとは違う形の失敗ですけど、でも、失敗したからダメってことはないと思うんです。だって、今いる場所でこうやって頑張っているじゃないですか。期待に応《こた》えようとするのはいいと思いますけど、そんなに卑下することはないと思いますよ」

将平は千春の言葉にハッとした様子だったが、いっそう難しい顔になった。

「……ありがとう、でも、俺は……」

苦々しげな表情で、将平は吐き捨てるように言った。

「俺は違うんだ。実家に引きこもってたこともあったし、働いてても未練がましくデザインの仕事続けられねえか悩んだりして……俺は伯父貴《おじ》に助けてもらうまで、毎日無駄に過ごしていた気がするんだ。だから、余計にその時間を取り戻したくて、もう、何も無駄にしたくなくて、失敗したくなくて……それで結局、失敗しちまう。前は自信持って無茶できた。できたっていう自信が俺を支えてくれて、新しいことだってチャレンジできた。でも、今はそれが俺を邪魔する。昔はあんなふうにできたっていうプライドが、俺の手足にまとわりついて、俺が前に進もうとするのを邪魔するんだ」

また彼は俯《うつむ》いて、黙り込んでしまった。千春が言葉を待つか、それとも何か声をかけるべきか迷う間に、ユウが遠慮なく将平の顔を覗《のぞ》き込んだ。

「将平さん？」

「あ、アニキ！」

顔を覗き込まれて初めてユウの存在を思い出したかのように、将平は動転していた。声が裏返っている。

「何かあったんですか？」

「あ、いや、俺のことより、次の仕事しますから！　ここ、もう少しで終わりますから、そしたら次は――」

「何かあったんですか？」

ユウは、同じ言葉を繰り返した。ユウは一見すると柔和そうな優男なのだが、結構強引というか、引かないところがあるのだ。

将平が折れた。

「……色々振り返って、ちょっと落ち込んでしまったんです。足踏みしていたことで、無駄な時間を過ごしてしまったんだって。アニキにだって、こんな迷惑をかけちまってる。迷惑なのはわかってるんですが、俺、他にできること思いつかなくて……アニキの時間まで『無駄』にしてる……」

ユウの答えは、厳しかった。

「落ち込むのもいいですけど、仕事中は集中してくださいね」

優しく大抵穏やかで人当たりの良いユウだが、確かに今は仕事中だ。話しかけたのは千春からだったから、千春も申し訳ない気分になる。

「すみません、私が話しかけちゃって……」

「ほら、ここ、形揃ってませんよ」

「あっ、す、すみません……」

「手伝う以上は、ちゃんと集中してください。いいですね？」

「はい！」

将平は真剣な顔で作業を再開しようとしたが、少し考え込む様子でユウは将平を見つめ、突然にんじんの飾り切りの一つをつまみ上げた。

「これは、将平さんが作ったものですね。最初の方に切ったものでしょうか？」

「はい」

また何か注意されると思ったのか、将平は緊張した面持ちだ。

だが、ユウは彼を褒めた。

「ほら、綺麗《きれい》に切れていますよ。形もいいし、大きさも僕が見本として置いたものと揃っています。落ち着いてやればこれくらいできるんです。自信を持って、落ち着いてやりましょう」

「あっ、ありがとうございます……」

励まされた将平は、驚いた様子でユウを見つめた。ユウはその視線を受けて、ゆっくりと語った。

「将平さんならもっと集中できると思いますよ。以前、刺繍《ししゅう》をする時は、周りの声も耳に入らないくらいになるって言っていたじゃないですか。自信を持つというのは、自分を信じるということですよ。自信がないから焦っているし、焦っているから失敗するし、失敗するから自信をなくし、悩んで集中力を欠いてしまう……僕には、将平さんがそんなふうに苦しんでるように見えます。まずは自分を信じることからです」

焦る……と言われて、千春は将平の失敗談を思い返した。考えてみれば、彼はいつも焦っていたのかもしれない。結果を出そうと焦って、余計なことをしたり、失敗したりしてしまった。恩ある伯父の役に立ちたい、認められたいという思いが、空回りしているのだ。

ユウが穏やかな声で語り続けた。

「将平さんは、今はサロマ湖の近くで働いていらっしゃるんですよね。あの辺りは、流氷が来るでしょう」

「え、ええ、はい……」

「流氷が来ている間、漁ができないのは大変じゃないですか？」

「ああ……でも湖の養殖牡蠣《かき》が収穫シーズンだったりしますよ。確かに漁はできないんですけど」

「では、流氷は無駄でしょうか？」

ユウからの問いかけに、将平は神妙な顔で考え込んだ末、首を横に振った。

「いや、俺もよくは知らないですけど、無駄ってことはないと思います。ええと……うまく説明できるかわからないんですけど……」

そう断って、将平は熱心に説明してくれた。

「流氷ってのは北の方で海水が凍ったものなんですけど、凍るのは真水のとこだけで、塩分濃度の濃くなった海水は流氷からしみ出していくんです。ブラインって言うんですけど、それが沈んでいくことで、海の深いところと浅いところがかき回される。海の下の方にあった栄養塩が、海の上の方に浮かんでくるんです。栄養豊富な海になって、海明けの頃には……海明けってのは、流氷が離れて、船を出せるようになることなんですけど、その頃には、植物プランクトンが増えて、動物プランクトンが増えて、魚とかカニとかも増えて、豊かな漁場になるんだそうですよ。それに、漁がないってのは、その間資源が守られてるってことですし……まあ、悪いことばっかりじゃないですよ。少なくとも、海の生き物にとってはいいことでしょうね」

「よくご存じですね。勉強されたんですか？」

「あ、いや、小学生の親戚《しんせき》の子に博物館に連れて行かれて説明されたんで……」

照れたように頭を掻《か》いて、将平は説明した。千春はリーゼントの大男が小学生から説明を受ける様子を想像した。将平は弱い者には優しいから、たぶんその子にも優しく接しているのだろう。

将平の話を聞き終わったユウは、一つ感慨深そうに頷《うなず》いた。

「流氷で閉ざされた海の中でも、生命を育《はぐく》む準備が整えられているんですね」

「はい……」

ユウは黙って微笑み、将平を見つめた。

少しの沈黙ののち、将平は相手にそれ以上言うつもりがないことを察して、自分から口を開いた。

「アニキの言いたいことはわかります。俺のために自分の時間を使うのは『無駄』じゃないって言うんでしょう。俺がさっきあんなこと言ったから……」

「いえ？」

「僕の時間が無駄になるかどうかはこれからの将平さんにかかっているので、そこはちょっと無駄かどうかわかりませんね」

「え?」

「えっ……」

思わぬ話になってしまい、将平は途方に暮れた顔だ。許されているのかと思いきや、突き放されたのだから、動揺もするだろう。

だが、ユウは人の悪いことにおかしそうに肩を震わせて笑った。

「ふふ、すみません。半分は冗談ですよ」

「半分……」

「僕が言いたかったのは、たとえ将平さんがデザインのお仕事にこだわって、後から思い返せば『無駄な時間を過ごした』ように感じられたとしても、その時間も、その思いも、今の将平さんを形作っているんですから、無駄にはなっていないんじゃないかということです。だって、今の将平さんは、自分に足りないものを探して、一生懸命です。ここまできて、遊んでいくことだってできたのに、そうではなくて自分を鍛え直したいっておっしゃって。……たとえば、当時の、いえ、もしかしたら今の将平さんが、氷に閉ざされた海の底に沈んだように感じていたとしても、そのことさえも、きっと将平さんは糧にして生きていけるのだと思うんです」

将平は、びっくりしたように目を見開いて、ユウを見つめている。

ユウは微笑んでいる。彼の微笑みは将平が言う通り自信に溢《あふ》れたものに見えたが、千春には、それはユウが自身の力量に自信を持っているからではなく、将平から向けられている信頼をきちんと受け止めているからこそに思えた。そしてだからこそ、ユウは将平に懸命に言葉を伝えようとしているのだ。

「海の底……」

将平は呆然《ぼうぜん》とした表情で呟《つぶや》いた。

「そう、今は海の底でも、氷は春になれば離れていくんです。日の光から隔てられ、誰の目に触れることがなくても、死んでいるわけではないんです。無駄じゃないって言ったのは、将平さん自身ですよ」

将平の目はユウを見ていた。その目は彼の心情を映しているように揺れ動き、徐々に光を取り戻していくように見えた。彼の目の表面に張った涙の膜が、光を反射してゆらゆら光って見えていたのだ。

それはまるで、水底に差し込む光のように柔らかく輝いていた。

「ありがとうございます……」

将平はふと笑って、俯《うつむ》いた。

「アニキの言葉は、俺には勿体《もったい》ないです」

「勿体ないなんてこと、ないんですよ。将平さんは、きっと――」

そのとき突然、カウンターの上に置かれていた電話が鳴った。千春が咄嗟《とっさ》に取ろうとしたが、取る前に音は鳴り止んだ。たぶん、休憩室側の子機で桂が電話に出たのだ。

だが、ユウがまだ何事か言葉をかけようとした時、休憩室に通じる戸口から、桂が勢いよく姿を見せた。顔は蒼白《そうはく》で、見るからに普通ではない。驚くユウに、桂は震える声で言った。

「ユウさん、今電話があって、熊野さんが……事故に巻き込まれたって」

言われた言葉の意味を理解した途端、千春の顔から血の気が引いた。

❄

電話は病院からだった。桂も動転していて、ユウが電話を替わって受けた。通話を終え、電話を切ったユウの顔は青ざめていたが、声は落ち着いていた。

「僕は病院に行ってきますので、ここはお願いします。時間がかかりそうならまた連絡します。何かあったら、電話ください」

ユウはそう言って、財布とコートを摑《つか》んで店を出て行った。桂もすぐに配達の仕事があったから、途中までユウがその車に乗っていくことになった。

二人が出て行き、店には千春と将平が残された。命に別状はないとは言われたらしいが、本人ではなく病院から電話があったとはどういう状態なのだろうか。怪我は重いのか、軽いのか、どんな事故だったのか。熊野は元々腰痛持ちでもあったので、今度の怪我で悪化していないかも心配だった。

千春は立ち尽くし、将平も心配そうにユウが出て行った裏口を見ていた。

だが、突然彼は自分の頬をばんばんと叩《たた》くと、千春を振り返った。

「よし、仕事するぞ！」

「えっ……」

「ほら、下ごしらえ終わってないだろ。なんともなくて、アニキもすぐに戻るかもしれないんだ。そしたら、その時に俺たちの仕事が終わってなかったら、店が開けられなくなるだろ？」

「あ……そう、そうですよね……」

確かに、事故に巻き込まれたとはいっても案外元気で、熊野もすぐに帰ってきてくれる可能性もあるのだ。その時、準備が終わっていなくて店を開けられないようではこうして手伝わせてもらっているのに申し訳ない。

「よし、じゃあアニキが指示してったのを終わらせて、あとは今日のメニューはもう決まってるから、できるだけ下ごしらえとか済ませるぞ」

将平が段取りを決めて、テキパキと仕込みを再開させた。千春も手伝うが、どうしても熊野のことが頭を過《よ》ぎって、連絡はないか、どれくらいの時間が経ったのか、電話や時計をちらちら見てしまう。

そのとき、再び、店舗の電話が鳴った。

千春は驚きのあまりびくりと震えてしまったし、将平も表情を強《こわ》ばらせた。電話に近かった将平が受話器を取った。

「はい、くま弁です！　あっ、いつもお世話になっております……え？　はい、はい……」

威勢の良い声で出た将平だったが、その声がすぐに不安そうなものになる。メモに鉛筆を走らせている。また何かあったのか、と千春は固唾《かたず》を呑《の》んで見守った。

そして、電話を切った将平は、熊野の知らせを聞いた時ほどではないが、深刻そうな表情を浮かべていた。

千春と目が合った彼は、唇を湿らせてから口を開いた。

「市場からで……注文の品載せたトラックが事故って、今日の配達時間に間に合わないって」

事故――。

千春は呆然としながらも、この店に来るまでのことを思い出していた。三月にしては気温が下がった今日は、路面状況としては最悪だった。前日気温が上がって雪が溶けたのに、それが今日は氷点下まで下がった空気によって凍ったのだ。なおかつ吹雪による視界の悪化だ。熊野が『事故に巻き込まれた』のも、この配達車の事故も、今日の天気や路面と無関係ではないだろう。

将平は電話を受けながら書いたメモを千春に見せた。

「届かないのはこれだけだ。アニキに連絡しよう」

「あっ、はい、そうですね！」

千春は将平に言われてようやく我に返り、スマートフォンを取り出した。渡されたメモに目を通すが、旬のホッケやニシンなどだ。

くま弁では、農家や業者から直送してもらう食材と、ユウが自分で市場等に行って仕入れてくる食材がある。今回事故に遭ったのは、ユウが市場で購入した分で、午後一番に店に着く予定だった。ユウは他にも用事を済ませるため、持ち帰らず配達を頼んだらしい。

鮮魚の類《たぐ》いが届かない、となると、メニューも変更を余儀なくされるだろう。

だが、かけた電話が通じない。電源が切られている。

千春は電話を切って将平と顔を見合わせた。お互いに不安を隠せずにいた。

「病院の中だから、電源切ってるみたいで……」

「そうか、そうだな……」

病院内でも通話可能なところはあるだろうし、落ち着いたらユウから連絡をくれるだろう。千春はそういう時にユウがすぐに確認できるよう、メッセージを送っておいた。

これで、連絡がつくといいのだが……。

千春は実際的な問題を考えることにした。

「とにかく、食材をどうにか手配しないと、店開けられなくなりますよ」

「買いに行くしか……」

呟きながら、将平はメモを見た。

定番弁当の食材はすでに手元にあるから買うものは多くない。吹雪は収まってきたとはいえまだ天候はよくないし車もないから、買い物と移動に三十分から一時間のロスというところだろうか。同じような食材がなければメニューも組み立て直さなくてはならないだろう。すでに午後になってしまっているし、ユウはまだ病院でいつ戻るかもわからない。時間の余裕はあまりない。

「ホッケか……」

将平が何事か思いついた様子で呟《つぶや》いた。

「俺の土産がある。俺の地元のと、伯父貴《おじき》のってで、色々持ってきたんだ。さっき、アニキが冷蔵庫に入れていったはずだ」

そう言われて、千春は急いで厨房《ちゅうぼう》の隅にある大きな業務用冷蔵庫を確認した。将平の言葉通り、冷蔵庫に収められていた彼の土産の中には、立派なホッケも一尾あったし、エビやホタテ、そして彼の故郷の特産である牡蠣《かき》などがぞろぞろ出てきた。ちなみに千春はホッケというと開いて干したものを想像してしまうが、こちらは産地に近いので生のホッケだ。

「これもだな」

そう言って将平が厨房の片隅に置かれたクーラーボックスを開けた。中から出てきたのは、太い脚を持った――。

「カニだ！」

一抱えもある立派な毛ガニが、おがくずに塗《まみ》れて収まっていた。将平はカニを掴んで持ち上げて見せた。脚が動いている……生きているのだ。

「活毛《いけ》ガニだ。これも使えるだろう」

使う――使う？　将平の言葉を頭の中で繰り返し、千春はまさに度肝を抜かれた。

「ここ、基本的にワンコインのお弁当売ってるんですよ⁉」

お惣菜《そうざい》の単品売りや軽めのミニ弁当などもあるからすべての売り物に当てはまるわけではないが、五百円弁当がくま弁の主力商品だ。

「でも、使えばたぶん今日の弁当は作れるだろう。それなら俺はこれを使って欲しい。時間的にも余裕ができるはずだ。アニキなら、きっとうまいことメニューを組み立て直してくれる」

「そ……そうですね……」

千春は冷蔵庫の中の食材を見やった。ホッケはユウが買ったリストの中にもあったからいいとして、問題は他の食材だ。『届かないメモ』にあるニシンやマスはここにはないから、別のメニューになるはずだ。その場合、問題になるのは――。

「じゃあ、下ごしらえどうしましょう？」

千春の呟きに、将平がはっとした顔をした。

「そうか……アニキが残していった指示は前のメニューのためのものだから、下ごしらえそのままやっちまうとメニューの変更に対応しきれないな。やっぱりアニキとなんとか連絡を取って、指示を仰がねえと」

「はい……」

そう、ユウの指示を待たなくてはいけない。だが、彼から返事がくるのはいつだろう？　三十分後か？　一時間後か？　それからユウがメニューを組み直し、千春たちが食材の仕込みを再開して、ユウが戻ってきて……それで、開店に間に合うのか？

「あの……」

千春は握りしめた手のひらからじわじわと汗が出てくるのを感じながら、将平に訴えた。

「将平さんと私で、仕込みを変更すべきじゃないでしょうか」

「……何？」

「定番弁当は材料揃っているからいいと思うんですよ。問題はそれ以外の、魚メインのお弁当ですよね。それを、私たちで――」

「おい、待てよ。そりゃ無理だろ。あんたは素人だし、俺は厨房で働いて半年なんだぜ。この店の店員ですらないし……アニキを待つべきだ。勝手にすべきじゃない、ここはアニキの店だ――アニキが熊野さんから任されてる店だ。アニキなら、大丈夫だ。アニキにできなきゃ、俺やあんたじゃそもそも無理だ」

そう、その通りだ。ユウはプロで、自分たちは素人と見習い――トラブルがあったとはいえ、店の大事な食材を勝手に使うなんて、許されるわけがない。

だが、千春は、訥々《とつとつ》と自分の意見を語った。

「ユウさんにとって、熊野さんは恩人で、家族みたいな人で……あの、たぶん、将平さんにとってのユウさんみたいな人……じゃないかなと思うんです。いえ、違うかもしれないですけど、それくらい大切な人なんです。そんな人が事故に遭って、動揺して、そんな時に、こんなトラブルで……確かにユウさんならなんとかするかもしれないですけど、でも、私たちでできることがあるのなら、やっておきたいです。ユウさんの負担を軽くできるかもしれないじゃないですか」

「俺たちじゃ足を引っ張る可能性が高いだろ」

「ひとまずメニューを組み直してみて、これはたぶんこうするだろうっていうものを食材から予想していくだけでも……そうしたら、どんな準備が必要かわかるじゃないですか」

ユウの負担を軽くしたい……という思いは将平も同じなのだろう、迷うような顔つきで俯《うつむ》いた。

「俺も……アニキを助けたいとは思うよ。でも、俺はこれまでもこういう場面で焦って余計なことをして駄目にしてきたんだ。俺じゃあ……」

「今回もそうとは決まっていません。自分を信じて、って、ユウさんも言ってましたよ。ここで何もせずにいるくらいなら、せめてメニューを組み直してみるだけでも、やってみましょうよ。ユウさんの考え方を、私と将平さんなら理解できるかもしれないじゃないですか」

「俺と……あんたなら……」

将平は、そう呟いて考え込む様子になった。

「……わかった」

ややあって、彼は顔を上げた。引き締まった、真剣な顔つきをしていた。

「俺とあんたなら、アニキの考えに近づけるかもしれない。料理に関しちゃ素人と見習いでも、アニキが作る飯に関しては、俺たちはちょっとしたもんだからな」

「そうですよ！」

将平の表情に明るさが戻ってきたのが嬉《うれ》しくて、千春は大きな声で言った。

将平の方もいつもの調子が戻ってきて、鉛筆を指先でくるりと回してメモを手に取った。

「じゃあ、今ある食材を書き出すぞ。アニキの最初の予定と比べてみよう」

「はいっ」

千春は威勢良く応じ、リスト作りが始まった。

今ある食材で予定通り作れるもの、作れないもの。

定番メニューの材料はあるから、鮭海苔《のり》弁当、カレー弁当、ザンギ弁当辺りは問題ない。マスとホタテのフライ、ニシンの塩焼きは作れない。代わりに使えそうな食材は、カニとエビ。

「ユウさんなら、エビチリかな。でも、カニはどうするのかなあ……」

千春が知るくま弁の弁当に本物のカニが出たことなどない。何しろワンコイン五百円の弁当が売りの店なのだ。

「アニキ、前の店ではカニクリームコロッケとかも作ってたぞ。あと、サラダに入れてたり」

「うわっ、それ絶対美味《おい》しいでしょう……」

「材料もあるな。でも他の副菜との組み合わせも考えておかないとな」

「そうですね、カニクリームコロッケに筑前煮《ちくぜんに》とか組み合わせちゃったら、両方美味しくても組み合わせが違うってなっちゃいますもんね……えっと、元々ポテトサラダ作る予定があるから……」

「いや、それマヨネーズベースだし、じゃがいもは食感が似ちゃうだろ。カニクリームコロッケなら違う味のものがいい」

「それならこっちの焼き野菜の彩りサラダとか合わせやすいかも。オリーブオイルベースで、ちょっとお醤油《しょうゆ》も入ってるからごはんにも合うし……」

ぶつぶつ言いながら、お互いの記憶と舌とリストを頼りにメニューを考える。何もない状態でメニューを考えろと言われたら千春にも難しかったが、ユウがこの材料から何を作るかは、毎日のように弁当を食べている千春からすると想像しやすかった。勿論《もちろん》、ユウの弁当には時々千春も食べたことがないような新メニューが入っていたり、驚きがあったりもして、そういうところは残念ながら再現できないが。

だが、そうやってしばらく将平と相談していると、メニューの空白はかなり埋められた。

「よし、これでいいだろう。今度は、料理に合わせた下準備のやり方だ。カニは茹《ゆ》でて、身を出しておく、エビは洗って殻を剝《む》いて……残ってる野菜のうち、にんじんは……」

将平が出す指示を千春はふんふんと聞いた。下ごしらえの仕方など、千春はよくわからないから、将平頼みだ。将平はぶつぶつと口に出しながら、食材ごとに下ごしらえのやり方を書いていく。

そしてリストがそろそろ完成しそうだという時、不意に将平の手が止まった。

「……将平さん？」

「…………これ、本当にやるのか？」

将平は千春に向かって問いかけてきたが、自問しているようにも見えた。

「やって……いいのか？」

そう、ここまでは頭の中で考えただけだ。ここまでなら、たとえ間違っていたとしても、何も問題はない。

だが、実際の作業に移れば、もう引き返せはしない。

「……小鹿さん、アニキから連絡は？」

千春はそう言われてスマートフォンを取り出し、ユウに電話をかけてみた。やはり電源が入っていないようだ。それに、メッセージも既読の印が出ない。

「まだないです……」

緊急事態であったため病院の受付にも連絡して呼び出しを頼んだが、連絡がないということは、熊野の方もよほど切迫した状況なのか、それとも病院を出たのか……。

「まだ、もう少し、待った方が……」

将平は、時計を見て言葉を呑《の》み込んだ。もう本当に時間がない。

「将平さん、これどれくらい自信あります？」

千春はそう言うと、将平をじっと見つめて自分で先に答えた。

「私、自信あります。少なくとも、かなり近いところまでは出来てると思いますし、変更も最小限で済んでると思います。将平さんは、どうですか？」

「……俺も」

将平は最初は小声で、それから、決意を込めてはっきりと言った。

「俺も、これでいいと思う。むしろ、アニキが作るこの弁当、食べたい」

「！　私も、私もです！　ずっと食べたいな～って思いながら考えていて……」

「よし、もう時間がない……」

メモを持つ将平の手は震えていたが、深呼吸を一つして、彼は決断した。

「やるぞ！」

「はいっ」

そして、まず千春はお鍋《なべ》にカニを茹でるためのお湯を沸かし始めた。

最初胸の中にあった不安は、作業中は顔を出さなかった。そんな余裕はなく、むしろ最初にあれだけぐずぐず悩んでいたことで、時間を無駄にしてしまったように感じた。

途中で桂も配達から戻ってきて、事情を聞いてびっくりしていたが、メニューの変更をチェックして、いつものくま弁の野菜の切り方などに基づいて修正してくれた。完璧《かんぺき》だと思ったリストにまだ修正点があったことに内心千春も驚き、竦《すく》んでしまいそうになったが、その後は桂も賛同してくれて、下ごしらえはてきぱき進んだ。

そして、作業の真っ最中に、千春のスマートフォンが鳴った。

「あっ、ユウさん！」

『千春さん、すみません、こちらは大丈夫です。今から帰りますが、何かありましたか？』

「実は市場からの配送の車が事故に遭ってしまって！」

『!?』

ユウが電話越しにも息を呑んだのがわかった。

事情を聞いたユウが戻ってきたのは、それから十五分後のことだ。

タクシーで帰ってきたユウは、着替えと手洗いを済ませて、厨房《ちゅうぼう》で仕込み済みの食材を確認した。不足品と変更点を説明されたユウはしばらく考えを巡らせた末、長く息を吐いた。

「ありがとうございます。これなら間に合いそうです」

安堵《あんど》とともに、不思議そうな響きもあった。彼は千春たちを見回して言った。

「どうして、こういうふうにメニューを組み直したんですか？」

「それはあの、待っていたら、間に合いそうになかったんで……」

千春の説明を聞いて、ユウは頷《うなず》いた。

「それはわかりますし、実際、おかげで間に合いそうなんですが、このメニューを考えたのは、誰なんですか？」

「俺と小鹿さんです。あの、その、俺たち、アニキの飯の大ファンだから、アニキならこうするかなとか、アニキのこんな飯食べたいなとか、そういう感じで……」

「推測して？」

千春と将平はおずおずと頷いた。叱られるのかと思ったが、ユウはぽかんと呆気《あっけ》にとられた様子を見せたものの、じわじわとその顔に笑みが広がった。

「それは、よほど僕が思われてるってことですね！」

嬉しそうなユウを見て、千春も将平も顔を見合わせ、ほっと笑みを零《こぼ》した。

「それで、結局なんだったんですか？」

そう疑問を口にしたのは桂だった。彼は、訝《いぶか》しげな目でユウの後ろに立つ人物を見ていた――元気そうな、熊野だ。

「いや、なんか情報の行き違いでな」

熊野は気まずそうに説明した。

話によると、熊野は事故に遭ったわけではなく、事故を目撃して、怪我をした被害者を助けて救急車を呼んだだけらしい。ところが救急搬送中に被害者の意識が混濁し自分の連絡先も言えなくなった。その後、何かの拍子に被害者の所持品に紛れ込んでいたらしい熊野の財布にあった連絡先を元に、自宅、つまりくま弁に連絡が行った。熊野の方は病院には行かず事故の目撃者として警察に事情を聞かれていたから、ユウはしばらく病院でまったく知らない事故被害者の検査と処置を待って、その後やっと間違いに気付いて熊野に連絡を取り、落とした財布のことで交番に立ち寄っていた熊野の元にたどり着いたという……。

「幸いといいますか、怪我をされた方の意識もすぐに回復し、お身内の方とも連絡取れて……それでわかったんですが、どうも怪我をされた方は、熊野が財布を落としたのに気付いて、返そうとずっと握りしめていたみたいで。そこから連絡先の勘違いが……いや、時間がないので、この話はまた後にしましょう」

ユウはそう言い、熊野も申し訳なさそうな顔で頷いた。

「俺のことで心配させて悪かったな。何かできることあれば手伝うよ」

「いや、熊野さん、疲れてるでしょう。今日は大変でしたね。店は皆さんのおかげで間に合いそうですし。休んでいてください」

ユウはそう言うと、改めてリストにざっと視線を走らせた。それまでの穏やかな目とは違う、厳しい眼差《まなざ》しだった。

「……でも、」

と続けてユウが言ったので、皆どきりとして背筋を伸ばした。

「惣菜《そうざい》の組み合わせはこっちの方がいいです。少し足りなくなりそうなので、野菜を追加で切ってください。それから……」

ユウはいくつか指示を出し、すぐに作業にかかる。千春たちもそれぞれ返事をして、一斉に作業を再開させた。

手伝わなくていい、と言われた熊野は、いつの間にか外で掃除をしていた。

その後のユウの作業は、圧巻だった。

ユウはホッケを捌《さば》いて煮付けに、エビをエビチリに、千春と将平で用意した野菜を煮物やサラダに、と次々料理を仕上げていく。なるほど、下準備がきちんと出来ていると、ここまで手際よく料理が仕上がっていくのか、と千春は驚きつつ、カニの身をほぐす仕事の続きを黙々とこなした。

四人で作業するには厨房はやはり狭く、時々誰かにぶつかったりぶつかられたりしたが、素人の千春は除くとしても将平が十分戦力になっていて、作業はてきぱきと進んだ。

十七時十分前にユウが見本用の弁当の写真を撮り、印刷してメニューに貼り付けると、開店前の準備がほぼ終わった。

「千春さんは外のお客様の列整えて、メニュー回してきてください！」

慌ただしい中、ユウが普段人前でする『小鹿さん』呼びではなく名前呼びになってい る。千春もほとんど意識していなくて、店を出たところで気付いたが、すぐ客の対応に追われてそれどころではなくなった。

ただ、後から思い返すとドキドキして、なんだかくすぐったいような気分になるのだった。

❄

『本日限り、海の幸ＤＡＹ！』

ポップな書体が印刷されたその細長い紙を、開店前に桂がメニューにぺたりと貼っていた。それがなんなのか、いつの間にそんな話になったのかと不思議に思っていたが、あとから理由を聞かされて納得した。

「だって、カニとか明らかにやり過ぎでしょ。お客さんに次来た時にカニは？って訊《き》かれたら困るから、あのときだけですよって言い訳、今からしておくんですよ」

桂はさらりとそう言い、じゃあ僕時間なんで、と言ってエプロンを外した。ユウが今日の功労者の一人である彼に、感謝と労《ねぎら》いの言葉をかけて見送った。千春は桂の説明に感心しつつ、弁当容器の補充をした。

エビチリ、カニクリームコロッケ、ホッケの煮付け、フライ、それに定番料理の鮭海苔弁当やカレー弁当など。メニューに多少の変更はあったものの、弁当は問題なく提供できた。カニクリームコロッケを注文した常連の黒川《くろかわ》が一時間後に戻ってきて、今日はめちゃくちゃ美味《うま》かったけどどういうことなの？　と訊いてきたりもしたが、クレームは入っていない。黒川のような特例を除くと弁当はすぐには反応がわからないから落ち着かない気分になる。

最後の一つは、二十三時半に買われていったザンギ弁当だった。

「お疲れ様です」

最後の客を見送ったあと、ユウは千春と将平にそう言って頭を下げた。

「今日はどうもありがとうございました」

「あっ、いえいえ……っていうか私はあんまり何もしてないので、主に将平さんですよね」

「いや、俺の方こそ色々勉強させてもらいました。むしろ、やっぱり俺が余計なことして……」

「そんなことないですよ！」

ユウは力強く否定し、微笑んだ。

「わかっているでしょう？　今日の成功は、将平さんたちのおかげですよ。今日は不測の事態で、恥ずかしながら将平さんたちがいなかったら大変なことになっていたと思います」

「俺はそんな……」

言いかけて、将平は、思い直したように笑った。

「へへっ。アニキの力になれたなら嬉《うれ》しいです！　小鹿さんも、ありがとうな。ここの厨房入ったことあるんだろ、色々場所とか教えてくれてやりやすかった」

「そのくらいならお安いご用ですよ」

将平が、強がっているのかもしれないが、前向きな言葉を口にしているのが嬉しかった。無理をしているというよりは、自分を励ましている、というふうに見えるので。

ユウはカウンターを布巾《ふきん》で拭《ふ》きながら言った。

「お二人とも、ちょっと待っててもらえますか、奥で休んでいてください」

「あ、片付けなら俺やりますよ」

「いえ、将平さんほとんど休憩取ってないでしょう、取ってくださいって言ったのに」

「いやあ、身体動かしている方が性に合ってて……」

「とにかく休んでいてください。千春さんも」

「はい、じゃあそうさせてもらいますね」

夜も更けてくるとかなり暇になったが、その間も将平とユウは翌日の準備などをしていた。特に将平は慣れない仕事もあっただろうし、疲れているだろうに、ずっと精力的に働いていた。

さすがに疲れが出たのか、将平は休憩室の畳の上に腰を下ろすと、ちゃぶ台に突っ伏して動かなくなってしまった。

だが、千春がお茶を入れていると、匂いと音に気付いて顔を上げ、自分がやろうと動き出す。

「いいから座っててください。私は適宜休憩取らせてもらってたけど、将平さん、ごはんも食べてないんじゃないですか？」

「そうだなあ……」

将平はまたちゃぶ台に突っ伏した。身体に力が入っていないように見えた。

彼は顔を横向きにしてちゃぶ台に頭を乗せたまま言った。

「……何がきついって、アニキの料理が目の前を素通りしていくことだよ……」

「ああ……」

将平はユウの大ファンだ。それはもう執念に近いものを感じるほどだ。それなのに、自分は食べずに客に弁当を渡すというのは辛《つら》かろう。

「まあ、実際、開店前におにぎりつまんでるから平気だったよ、今はさすがに腹減ったけど」

お茶を飲み、話しているうちに、千春も小腹が空《す》いてきた。

「私もおなか空きました」

「小鹿さん食ってただろ」

「緊張が解けたせいかな?」

将平は相変わらずちゃぶ台に頭を乗せたまま千春を見上げ、にやりと笑った。

「あんたと話してると気が抜けるよ。ほんとに食べるの好きなんだなあ」

「はあ……」

褒められたのだろうか?

そのとき、厨房《ちゅうぼう》に通じる戸口からユウが顔を出した。

「お待たせしました」

その手には、重ねた弁当箱が三折ある。くま弁でいつも使う白い発泡スチロール製ではなく、紙の折箱のようだ。

「将平さん、今日ちゃんと食べてないでしょう? 普段は僕ももっと早い時間に食べるんですけど、まだなので……千春さんの分もありますから、安心してくださいね」

「わあ、ありがとうございます!」

将平の方はユウの姿を見た途端ばねのように跳ね起きて姿勢を正し、自分の前に置かれた弁当箱を信じられないという顔で見つめている。

「これっ、あのっ」

「将平さんの分ですよ。あ、桂君には帰り際に渡してあるんで大丈夫ですよ。今日はお疲れ様でした。どうぞ食べていってください」

将平は感動に打ち震えながら頭を下げた。

「あ……ありがとうございます！」

千春はユウの分も茶を入れると、自分の弁当の前で早速手を合わせた。

「じゃあ、いただきます！」

弁当箱の蓋《ふた》を開けると、中には美しい海産物がこれでもかと詰め込まれて、白い酢飯を埋め尽くしていた。

「海鮮ちらしですね！」

千春は喜びの声を上げた。

カニの身がたっぷり盛られ、エビも、ホタテも載っている。角切りの黄色い玉子焼きが紅白の具材の中にまた別の彩りを添えている。

海産物の組み合わせは、覚えがある。

「これ、将平さんのお土産の……」

「そうです。お店に出せなかったもので、まかないちらしにしてみました」

ユウは答え、将平にも笑いかけた。

「と言っても、部位や形の問題でお弁当に使わなかっただけで、将平さんが持ってきたものなので質も鮮度も保証できますよ」

ユウの言葉通り、弁当では使わなかったホタテのヒモとか、殻を剝《む》く時に失敗してちぎれたエビなども載っている。そういえば、玉子焼きもお弁当に入れられない切れ端だ。

ちらし寿司《ずし》を眺めていると、カニの身をはさみのところからほじくり出すのは大変だったなあとか、あのエビは私が剝いて失敗したんだったとか、今日の作業が思い返され、千春はしみじみとした気分になる。

今日は頑張ったね、と弁当に言われているようだった。

千春は箸《はし》を取り、そこでふと、将平の様子に気付いた。

「……………」

将平は正座でまかないちらしを見つめている。その目は確かにちらし寿司を見ているのだが、どこか物思いにふけっているようにも見えた。

彼も、今日の出来事をちらし寿司の中に見ているのだろう。

「今日はどうでしたか？」

ユウに問われて、将平は我に返った様子で、苦笑して答えた。

「はは、やっぱり疲れはしました。緊張してて……でも、嬉しかった。アニキの弁当を買いに今日はたくさんのお客さんが来て、それが凄《すご》くて……忙しそうな人も、疲れた人も、怒ってる人も、弁当見たらちょっとだけほっとした顔するんです。それが、いいなあ、アニキの作るもんって感じだよなあって思って……でも、なんだろう……」

言葉を探すように、将平は視線を手元に落とし、瞬《まばた》きをした。

「今回、俺はアニキならこうするかなってことを考えて、それでなんとかうまくいったと思うんです。でも……」

そこで、彼は顔を上げた。強い眼差《まなざ》しでユウを見つめて、はっきりと宣言する。

「いつか、俺、自分でメニューを考えてみたい。アニキの考えじゃなくて、自分の料理を、自分の厨房で作ってみたいって、今日すごく思いました。それで、それを食べにお客さんが来てくれたら、これ以上のことってないです」

ユウは、その夢を受け止め、微笑んだ。

「きっとできますよ。今日を乗り切れたのは、将平さん自身の力なんですから」

「俺も……」

将平は、力強く言い切った。

「俺も、そう思います！」

千春はそれを眩《まぶ》しい思いで見つめた。将平は、伯父《おじ》に拾われたと言っていた。その姿を千春は流れ着いて北海道に来た自分と重ねた。だが、違う。今の将平は、自分の居場所を自分で摑《つか》み取ろうとしているのだ。彼は自分の夢をもう一度見出《みいだ》したのだ。

（私も……）

千春は、自分の中で生まれた望みに気付いた。

私も――そうだ。

（私も、そんなふうに生きてみたいんだ。そんな生き方を見つけられた将平さんを、羨《うらや》ましく思ってるんだ……）

突然、ぱん、という小気味よい音が響いた。将平が手を合わせた音だった。

「じゃあ、遠慮なく、いただきます！」

それから彼は、手にした箸でちらし寿司の一角をすくい上げて口にぱくりと運んだ。酢飯の上にカニと、ホタテと、玉子焼きと……それから、たぶんユウがサービスで付けたのだろうイクラが載っている部分だった。

「美味《うま》いです！」

満面の笑みで、そう言った。

「これすっげえ美味いです、カニ美味いしホタテの食感いいし玉子焼きがちょっと甘くてこう……そんで酢飯が美味いです！ 全部美味いです！」

何度美味いと言っても言い足りない気分なのか、将平は繰り返しそう口にした。ぼうっとしていた千春も手を合わせて彼に続いた。たっぷりのカニと、酢飯、それに剝くのに失敗して小さくなったエビを一緒に食べる。

「んー！」

うわっ、カニだ、というのが第一印象だ。口の中に記憶の中にあるよりかなり濃いカニの味が広がる。最近食べたカニは出前で頼んだお寿司の中に入っていたカニで、それはそれで美味《おい》しかったが、やはり鮮度が違うのだろう。このカニはぱさついたところがなく、しっとりとして、ジューシーなのだ。それがたっぷり。思い出深いエビの甘さととろりとした食感も良いし、それら全部を酢飯がまとめ上げてくれる。

「ネタが良いから美味しいんですよ」

ユウはそう言い、ちらしを搔《か》き込む千春と将平を見て幸福そうに笑い、ちょっと待ってってくださいね、と断って厨房に戻っていった。

「こちらもどうぞ」

戻ってきたユウが差し出してくれたのは、カニクリームコロッケ、エビチリなど、くま弁で今日千春が売った覚えのあるお惣菜《そうざい》だ。

「取り置きしてました」

「えっ、いいんですか……？」

「だって食べたいなあって思いながら売ってたでしょう？」

ユウにズバリ言われてしまったが、その通りだった。

「な、なんでわかったんですか？」

「いや……わかりやすかったので……」

自分はいったいどんな顔で接客していたのだろうか……と考え、千春は羞恥《しゅうち》で顔が熱くなった。

「いいじゃないですか、きっとお客さんも、店員さんが美味しそうだなと思っているものを買いたいですよ」

「う、うーん……？」

唸《うな》ったものの、カニクリームコロッケの誘惑には勝てず、千春は早速一つもらい、何もつけずに食べてみた。期待に胸をときめかせながら箸で割ると、さくっ……という衣の中から、熱そうなカニクリームがとろけ出てきた。

けた。

「すみません、揚げたてではないんですが、温め直していて……あの、将平さん大丈夫ですか？」

「あつっ」

突然隣で将平が悲鳴を上げた。頬を膨らませ、悶《もだ》えている。ユウが心配そうに声をか
「…………！」

将平は何度も頷《うなず》いた。これは……どうやら、頬張ったコロッケが熱かったようだ。

熱さに悶絶《もんぜつ》しながらも、将平は親指を上げた。熱さのせいか美味さのせいかはわからないが、目が涙ぐんでいる。

千春も彼に負けじと急いで二つに割ったコロッケを食べた。確かに熱い——口を開けて空気を入れて冷ましつつ、口と鼻に広がるカニの香りを味わう。濃厚なバターの風味にも負けない、しっかりしたカニの風味を感じられる。それだけたっぷり入っているのだ。たしかにこれは贅沢《ぜいたく》な美味しさだ。黒川がびっくりして感想を言いに来るわけだ。

「お、美味しいです……！」

千春も涙目になった。美味しさのせいか、熱さのせいかは、やっぱりわからなかったが、美味しくて、嬉《うれ》しくて、笑い合うと気力が湧いてくるのを感じる。お客さんたちも、同じような気持ちで食べてくれていたら最高だなと千春は思った。そうあって欲しい。

将平がユウの仕事に憧《あこが》れる気持ちが、千春にもわかった気がした。

「……あ、メニューに入れられなかったんでカニ味噌《みそ》もあるんですよね、出しましょうか」

ユウがそう言って腰を上げた。

カニ味噌？　毛ガニのカニ味噌！　千春は心で歓声を上げたが、口の中いっぱいに二口目のカニクリームコロッケを頬張っていたので、声は出なかった。

激動の一日を乗り切り、翌日も夕方まで働いた将平は、高速バスで帰っていった。店がまだ開店中だったこともあり、去り際まで慌ただしかった。

桂は将平を見送って、

「なんかばたばたした人でしたね……」

と呟《つぶや》いたが、その通りだった。

それでもたぶん、朗らかに手を振っていたから、十分に得るものはあったのだろう。勿論《もちろん》、将平が最初に望んでいたように、ユウに鍛え直してもらったという感じではないのかもしれないが、大いに気力を養うことができたのだ。

そして、ユウとしても、その結果に満足していることは、将平を見送る横顔でよくわかった。

千春も安堵《あんど》した——慣れない種類の労働のため、節々の痛みと疲労はあったものの。

「明日《あした》仕事かあ……」

千春は店内の掃除をしながら思わず呟いた。何しろモップをかけているだけでも腰の辺りに結構な重みを感じる。早めに弁当が売り切れてくれたおかげで早めに店じまいできるのが、唯一の救いだ。

そこへ外からオススメニューを書いた黒板を回収したユウが戻ってきた。千春の呟きを聞きつけて、心配そうな顔をしてしまう。

「千春さんまで働かせてしまってすみません、千春さんが将平さんのフォローしてくださって助かりました。これ、少ないですけど……」

ユウがそう言って封筒を差し出してきたので、千春は驚いて首を振った。

「そんな、受け取れませんよ！」

「将平さんにも渡したんです、無料奉仕させるわけにはいきませんから」

「いや……え、でも、将平さん、受け取らなかったでしょ……」

むしろ、自分がユウに研修費を払うと最後まで粘っていたくらいだ。到底給金を受け取ったとは思えない。

「はい。ですから、鞄《かばん》のポケットに捻《ね》じ込んでおきました」

「……送り返してきませんか？」

「このお金でまた食べにきてくださいねって書いておいたんで、大丈夫じゃないかなあと……」

「あっ、その文言は効きそうですね……」

ユウの大ファンである将平だ。ユウの気持ちを汲《く》んで、ひとまずは受け取ってくれるかもしれない……次に来た時は、そのお金でおつりなしで弁当代を払っていくかもしれないが。

「まあ、また来てくれたらいいなと思いまして」

ユウはそう言って優しく微笑む。

きっと、たとえ次回会った時に突っ返されたとしても、将平がまたこの店に来る理由を一つ作れたのだから、ユウとしては満足なのだろう。

将平は、かつてユウを助けたいと言っていた。ユウに救われた自分が、今度はユウを助けるのだと意気込んで。

だからこそ、今回中途半端な状態で来たことを、またしてもユウを頼って来たことを、彼は恥じていた。

だが、それでいいのだ。将平が半端だろうが、自分を頼って来ようが、どうだろうが、ユウにとっては問題ではない。

友人に会えば、誰だって、何かしら救われるのだから。

そのことを、ユウの微笑みが証明していた。

千春は数時間前、ばたばたと店を後にした将平のことを思って呟いた。

「将平さん、配置換え打診されたって言ってましたけど、希望通り厨房《ちゅうぼう》に残れるんですかね……？」

「うーん……それなんですが、話を聞いた感じでは、確かに失敗はしていますが、一度や二度で、毎回というわけではありませんし、将平さんが気にしすぎなんじゃないでしょうか。むしろ、一生懸命、よく頑張っていたんだと思います。ほら、厨房やっていた従姉妹《いとこ》の方が辞められたって伺いましたし、将平さんが、民宿の後継者候補だとしたら……」

「あー……なるほど、むしろ厨房以外も経験を積ませたいとか……」

「もしかしたら、ですけど」

「それ言ってあげればよかったじゃないですか」

「後継者候補なんて言ったら、将平さん責任感じて余計な失敗したりしますよ、たぶん」

なるほど、言われてみればその通りだ。

しかしもしユウの推測が正しければ将平と伯父《おじ》との間ではちょっとした齟齬《そご》が生じているわけだが、大丈夫なのだろうか。将平はたぶん一つのことに集中して全力で当たるタイプで、だからこそ、最初に任された厨房で全力を尽くそうとしているのだろうし、伯父の方は色々経験を積んでもらいたいからこそ、厨房から異動させようとしているわけで……。

「ややこしいことにならないといいんですけど」

「まあ、なんとかなりますよ。何かあったら、また来てくれると思いますし」

「……嬉しそうですね」

「……いや、別に将平さんに問題が発生するのが嬉しいわけじゃないですよ？」

千春は思わず笑った。

「わかってますよ、私も将平さんにまた会いたいです」

ユウも、照れたようにまた笑った。

それから、突然千春に封筒を押しつけてきた。

「というわけで、千春さんもどうぞ」

「えー、受け取れませんよ。私全然役に立ってないですし……あっ、それにほら、お金受け取っちゃうと副業規定に違反するんで、これは副業じゃなくあくまでお料理修業なんですよ……ってことで……」

む……とユウが眉間《みけん》に皺《しわ》を寄せる。会社の規定を持ち出されると、さすがに強くは言えないらしい。

「それに、ユウさんと一緒の職場で働けて、良かったです」

千春の言葉に、ユウの眉間の皺がますます深くなる。不満がある――というか、あえて表情を引き締めようとしているふうに見えた。

ユウはぼそぼそと言った。

「もっと、嫌がられるかと思っていました。やっぱり、厳しい態度になることもあるので……」

「えっ？　そうですか？　でも別にパワハラでもないし、厳しいとこあるのは仕事としては当たり前でしょう。私、結構楽しかったんですよ、ほら……家族経営のお店って、こんな感じなのかなって」

「家族……経営……」

ユウの口元が歪《ゆが》む。呆《あき》れたような顔で見られて、千春はきょとんとする。何かまずいことを言っただろうか。ユウはしばらくそういう顔で千春を見つめてから、取り繕うように咳払《せきばら》いをした。

「その……そういう想像とか、したんですか？」

「えっ、えへへ……まあ、そうですね、いや、勿論、仕事中は真面目にしてましたよ。そうじゃなくて、あのー、ユウさん、私のこと千春さんって呼んでましたよね、あれとか……」

「⁉　呼んでましたか？　店で？」

「ええ、忙しくてそのときは何も思わなかったんですけど、あれ、あとから思い返してドキドキしてたんですよ」

そう言いながら、千春は恥ずかしくなってくる。これは言ってしまってよかったのか、あまりよくなかったのか。一緒に働く、家族経営、名前呼び――それらの要素は、あまりにはっきりと一つの状況を想起させるのではないか。

「あれっ、あはは……」

急に腹の底から羞恥《しゅうち》がこみ上げてきた。やはりとんでもないことを言った気がする。照れ笑いでごまかそうとするが、ユウの顔も赤いことに気付いた。

千春はぎゅっとモップの柄を強く握った。

「あの、千春さん……」

ユウの呼びかけのせいで、ますます千春の顔には熱が集まる。足元が心もとないのは疲労のせいだろうか？

「あっ、掃除、掃除終わらせないとですよね！」

「今夜はもう閉店ですよ」

ユウにモップの柄を摑《つか》まれて、身動きを封じられた。

「営業時間は終了したんです、だから――」

千春は俯《うつむ》いていたが、ユウの顔が近づいて、ごく間近で囁《ささや》かれ、ついつい誘惑に負けて顔を上げてしまう。

今夜はもう閉店、営業時間は終了、だから――。

胸の中で彼の言い訳を繰り返し、ユウからのキスを受け止めた。

唇が離れた隙を突いて、彼の胸に手を当て距離を取る。

普段通い慣れている店でキスなんてしてしまった――千春は羞恥から顔を真っ赤にして俯いてしまう。ユウの手が不意に伸びてきた。どきりとして、顔を上げる。

目が合うと、彼も照れたようにちょっと笑って、千春のモップを取り上げた。

「お金受け取ってもらうのは諦《あきら》めるので、せめて、今日もまかない用意させてもらえませんか？」

「あ、ありがとうございます……」

手が伸びてきたのはモップを受け取るためだったのだ。いったい何を考えているのだ、と千春は自分を責め、さらに恥ずかしくなった。

――将平が無駄にしたと感じていた時間を、ユウは無駄ではないと言った。

『無駄にしない』というのと、『無駄ではない』というのとは少し違う。無駄にしないという言葉には、人の意志が込められている。この場合、無駄にしないと言っていたら、将平はより焦ってしまっていたかもしれない。無駄にするのもしないのも将平次第になるからだ。

だからユウは無駄ではないという言い方をしたのだと思う。その方が将平を焦らせず、実力を引き出せると考えたのだろう。

千春にとっても、その言葉は慰めとも励ましともなった。

失敗も、挫折《ざせつ》も、すべてひっくるめて今の千春がいるのだから。

将平が彼なりの生き方を見つけられたように、自分も何かを見つけられたら――。

休憩室でユウのまかない弁当を待っていた千春は、うつらうつらして、いつの間にか目を閉じていた。

何かがきしむような音を聞いて、千春は目を開けた。

千春は海を漂う小さな生き物だった。そう、きっと、オキアミとかケイソウとか、あるいはクリオネかもしれない。

遥か遠くまで青く深い海が広がる。頭上には白い塊がある——冷たく、締まっていて、ああ、氷だとわかった。流氷で閉ざされた海の中だ。

聞こえていたのは、氷のきしむ音だった。

海は穏やかだ。

これは夢だなと頭の片隅で理解していた。

だから千春は流れに任せて揺蕩《たゆた》った。今日はもう氷の下で休むのだ——休息の時が、明日の千春を強くする。

そうしたら、いつの日か、大海原の中で自分の未来を見いだすこともできるだろう。

•第二話• 春風餃子弁当

木陰にはまだ雪が残っているが、大きな道路は乾いて歩きやすくなってきた。空気も緩んで、寒さが苦手な千春もそろそろ分厚いダウンはしまおうかなという頃だ。まだ気温で言うと十度かそこらだから寒いといえば寒いのだが、日中は日差しさえあればある程度は気温も上昇し暖かく感じられる日もある。

札幌の四月。

サクラマスやニシンなども美味《おい》しい季節だし、今しか食べられないふきのとうやたらの芽なども魅力的だ。

千春は何を食べようか考えて、会社帰りににやにやしながらくま弁の自動ドアをくぐった。

「じゃあ餃子《ギョーザ》弁当頼むね」

男性客がそう言っているのが聞こえてきた。千春は、お、それもいいな、と胸が躍った。くま弁の餃子弁当は臭いが控えめだが、それでも今日のように翌日が休みだと安心して食べられる。

「ニンニクいっぱい入れてね！」

明るい、弾むような声だった。六十代くらいの男性客が、上機嫌でユウと話しているところだった。

ニンニクいっぱい——ということは、通常の注文とは違うのだろう。特注の弁当を頼んだところだろうか。

客は注文だけして帰るところだったらしく、ドアから出ようとして、千春とぶつかりそうになった。

「おっと、ごめんなさいねえ」

「いえ、こちらこそ」

何しろ狭い店なので、出入りですれ違おうとすると、お互いに気を遣わないと身体がぶつかる。男性客は千春の顔を見て、あ、と発して笑顔になった。

「小鹿さん。この前はどうもねえ、ふきのとう味噌《みそ》」

「ああ～、味噌作ったのは熊野さんですよ。でも、喜んでもらえて嬉《うれ》しいです」

この季節は川原の土手などあちこちにふきのとうやつくしが顔を出している。前の休日にふきのとうはつぼみのうちの方が良いと熊野が言い出し、千春や黒川も一緒になってふきのとう採りに精を出したのだ。散々天ぷらなどにして食べた末、熊野が茹《ゆ》でてあくを抜いたものを刻んで、味噌とみりんと炒《い》って、ふきのとう味噌にしてくれた。大量にできたそれを、おそらく彼も分けてもらったのだろう。

中肉中背というよりは少し肉がついた体格で、人好きのする笑みを浮かべたこの客は公森《こうもり》という。くま弁の常連で、千春ともかなり前から顔なじみだ。

「季節のものっていいよねえ。ほろ苦くて、雪は残っててももう春なんだなあって感じがしたよお」

心持ち語尾を伸ばしたような、ゆったりとしたしゃべり方をする人で、話しているだけでなんとなくのんびりした心地になる。

「そうですよね、だんだん春の食べ物出てきたなって感じしますね」

「そうそう」

こちらでは卒業式や入学式に桜が咲いていることはない。桜が咲くのは四月の末から五月の連休くらいになるし、梅も同じ頃だ。早春の花はもう咲いているものもあるが、まだまだ雪が多い。そんな中、先に春を感じるのはやはり食材の変化だ。

そういえば、公森の姿もいつもと違う。

「今日はスーツじゃないんですね」

保険会社に長く勤めている彼は、いつも仕事帰りにくま弁に立ち寄っていた。千春が知る彼の姿は常にスーツ姿だったのだが、今日はジーパンにウールのコートというラフな私服姿だ。

「いや、実は先日定年退職してねえ」

「えっ、そうだったんですか。それはお疲れ様でした」

「はは、ありがとう」

そういえば、心なしか公森の表情が穏やかだ。今までも別にとげとげしたイメージはなく、むしろ優しげな雰囲気の人だったが、さらにリラックスした様子に見える。

「辞めたら今までやれなかったことを全部やろうと決めててねえ、その一つがここで餃子弁当を買うことなんだ。ほら、私営業職だったからねえ、やっぱりその辺は気を遣ってて、我慢してたんだよぉ」

「そうでしたか、それでニンニクたっぷり……あ、すみません、さっき聞こえちゃって」

「そうそう、ニンニクたっぷり、いいでしょう？」

公森は子どものように屈託なく笑った。餃子弁当を心底楽しみにしている様子だった。

「じゃあ、またね、邪魔してごめんねえ」

「いえ、とんでもないです。餃子弁当楽しみですね」

「うん」

にこにこ笑顔、上機嫌で、公森は手を振って出て行った。

「いらっしゃいませ、千春さん」

他に客もいなかったので、ユウが親しみを込めて下の名前で呼びかけてきた。

千春も挨拶《あいさつ》を返し、メニューの中に餃子弁当があることを確認して呟《つぶや》いた。

「私も餃子弁当にしようかなあ」

だが、店内の時計を見て、少し考えてから訂正した。

「やっぱり、餃子弁当でごはんだけ少なめにしてもらえますか？」

「かしこまりました。……珍しいですね」

「いやあ、そういえばおやつちょっと多めだったかなって。餃子の皮って考えてみたら炭水化物だし……」

千春は、今店を出て行った公森の姿を思い出していた。以前より、ちょっとふくよかになった印象があった。仕事を辞めるというのは大きな変化だし、それによって食欲が増進したり、運動量が減ったりしたのかもしれない。

「わかりました。ダイエットってわけじゃないですよね？　明日《あした》は千春さん来るから、色々作るつもりだったんですけど……」

「えっ、お休みの日に悪いですよ、そんな……」

「いいんですよ、好きでやってることですから。休日は本当に作りたいものばっかり作るので、全然負担とかではないんですよ。気分転換になるんです」

休日のユウはじっくり時間をかけて料理をすることがある。鶏ガラと豚骨を煮込んでスープからラーメンを作ったこともあるし、クリスマスのパイやケーキのために何ヶ月も前からラム酒漬けのフルーツを大量に仕込んでいたこともある。季節の果物でジャムやシロップ漬けを作ったりもするし、熊野の糠床《ぬかどこ》をお裾分けしてもらって、糠《ぬか》サンマや糠ニシンを作ったりもする。

千春はユウと出かけて映画を見たりするのも好きだが、そういうふうに数日後の、あるいは数ヶ月後のためにゆっくり仕込みをする彼を眺めているのも好きだった。

そしてついでに言うと、彼が作ったものを食べるのも勿論《もちろん》好きだ。

(明日はここ来る前にジム寄ろう……)

千春は口には出さずに決意し、ユウが弁当を作るのを眺めていた。

数日後、千春はまた公森と出くわした。

今度は千春が店を出たところで、公森が店に入るところだ。たまたま話し好きな黒川も一緒で、公森の注文後、三人で人の通行《こう》の邪魔にならないよう脇に避《よ》けて話し込んだ。外で立ち話をしていても、足踏みして堪えるような寒さではなくなっていた。

「そういえばこの前の餃子弁当どうでした？　ほら、ニンニクたっぷりの」

「ああ、あれねえ」

何故か公森の表情が冴《さ》えないようにも見える。ニンニクと聞いて、黒川が食いついた。

「何、ニンニクたっぷりで頼んだんですか、公森さん」

「うん。美味《おい》しかったよお」

そう言ったものの、やはりどこか遠慮しているような言い方に感じられた。あれ？　と千春も感じ、黒川はずばり訊《き》いた。

「え、あんまり……でした？」

「え⁉　まさか、美味《うま》かったよお、ほら、カリッと焼いた皮から、こう、中の肉汁が溢《あふ》れて……くま弁のは皮がちょっとモチッとしてるところも良いよね」

公森の言葉に、千春も数日前に食べたくま弁の餃子を思い起こした。餡《あん》は基本的には豚肉と野菜だが、日によっては青菜とエビが入っていたり、たけのこが入っていたりすることもあり、それがカリッモチッとした皮に包まれている。皮はほとんど炭水化物だし、ごはん少なめでいいかな……と考えた少し前の自分をなじりたくなるくらい、ごはんが進む。ビールも進む。

だが、やはり公森の表情は晴れない。美味しかったという今の言葉に偽りはないのだろうが、彼はどうも顔に出る質《たち》らしく、千春と黒川という年下二人から見つめられて、観念したように言葉を継いだ。

「あの、ただ、こう……もっと……」

公森は言葉を探し、しばし沈黙したのち、恥ずかしそうに笑った。

「もっと臭くてもよかったなあって」

「へえ～、ニンニクそんなにお好きでしたっけ？」

「いや、ほら、私営業職だから我慢してたんだよお。それが退職したでしょう、だからねえ、好きなだけ臭いのきついもの食べられると思ってたから……」

「ははあ」

黒川も千春も察した。期待外れになってしまったのだろう。

「まあ、くま弁の餃子《ギョーザ》ってそもそも臭い控えめですからね」

黒川はそう言ってフォローしたが、公森は首を捻《ひね》った。

「でも、前ここで食べたやつだったんだよねえ」

「くま弁でですか?」

黒川が意外そうに聞き返した。くま弁の普通のメニューにそんなに臭いのきつい料理は出てこない。特別に公森が頼んだのだろうか。

「そう、くま弁でだよぉ。うーん、確かに普通の弁当ではなかったかなあ。私も休みで、餃子食べさせてもらったんだ。それがめちゃくちゃ美味かったんだけど、臭いがきつくて、翌日は仕事だったから一個だけで我慢してねえ。だからここで頼んだんだけど……」

残念そうに言い、公森は首を振った。

「考えてみたら、熊野さんが店長してた頃だし、ユウ君がここで働き始める前だったと思う。それならわからなくても仕方ないよねえ」

仕方ないと言いながらも、その顔は未練がたっぷりあるように見えて、千春の胸に引っかかった。


千春がその顔を思い出したのは、店の定休日と予定を合わせた、ユウとの一週間ぶりのデートの日だった。

狸小路《たぬきこうじ》のアーケード街を歩いていたのだが、その日は四月にしては気温も上がり、アーケードが途切れて道路に出くわすたび日差しが穏やかに降り注いで心地よかった。ただ風が強いのが問題で、吹き付けてきた風に砂利が交じっていて、それが目に飛び込んでくるのだ。千春は信号待ちの間に吹き付けてきた風から身を守ろうと、顔を風と反対側に向け、目を細めた。セットした髪がぐちゃぐちゃになっているのも気になったが、目の痛みでそれどころではない……。

ふと、道路に面した中華料理店が目に入った。餃子390円……という大きな幟《のぼり》が、やはり風にはためいてばたばたと音を立てていた。

「大丈夫ですか？」

信号が変わったことに気付かず立ち尽くしていた千春に、ユウが心配そうに声をかけてくれた。そういえばいつの間にか風上に立ってくれている。

「あ、はい。すみません……」

歩き出しながら、千春は公森のことを考えていた。

「……あの、この前、公森さんが餃子弁当注文されてましたよね？」

「ああ……」

ユウは残念そうな顔をした。

「あれ、どうも満足していただけなかったみたいで」

「あっ……どうしてわかったんですか？」

「いえ、そういう雰囲気が……あれ、もしかして、千春さん、公森さんから何か聞いていますか？」

「……はい、実は」

千春が本人から聞いた話をすると、ユウは見る見るうちに肩を落としてしまった。

「やっぱりそうだったんですね。前に来た時、感想伺って、美味しかったとは言ってもらえたんですが、ちょっとはぐらかされてしまって……」

「しょうがないですよ、好みってありますし……それに、熊野さんが店長してた頃食べたって公森さんおっしゃってましたよ。ユウさんその頃お店にいなかったんじゃないですか？」

「いや、でも、実は今回、餃子を作るに当たって、熊野にも訊いてみたんです。公森様の好みとか、何か知りませんかって……でも、熊野も特に心当たりなかったみたいで」

「えっ、そうなんですか？」

「そうですね……でも、帰ったらもう一度熊野に訊いてみます。何か思い出すかもしれませんし」

ユウはそう言うと、眉間《みけん》に皺《しわ》を寄せて深く考え込んでしまった。

映画館に着いても気付かず通り過ぎそうになったので、千春が慌てて腕を摑《つか》んで止めたくらいだ。

「す、すみません、考え込んでしまって……」

「いえ、話を振ったのは私の方なので」

そう答えつつも、呆《あき》れ顔になってしまうのは避けられなかった。千春は映画館には入らず、出入り口の脇に避けて、ユウに言った。

「別に、このまま店に帰ってもいいですよ。映画はまた今度でも……」

「いや、違います、すみません、本当に……」

恥ずかしそうに、申し訳なさそうに、ユウは頭を掻《か》いた。

「参ったな。今日千春さんと会うの本当に楽しみにしてきたんです」

「あの、私本当に怒ったりはしてないですよ」

「いや、ええと……」

ユウはしどろもどろになったものの、最後には意を決してはっきりと言った。

「今日は映画観ましょう。約束していましたし、僕も楽しみにしていましたし、そういうのは大事です」

「……そうですね」

映画を観ていたり、リラックスしていたりするタイミングでふっとアイディアが降ってくることもある。千春はとりあえず、決まった以上は、ユウがこの時間を楽しんでくれることを願った。

ユウは時々考え込む様子は見せたものの、千春もそういう時はそっとしておいた。上映が終わり、いつもなら喫茶店で映画の感想を言い合う流れだったが、千春が今日は熊野にもお土産に和菓子を買ってくま弁で食べようと誘い、ユウを引っ張って店まで戻ることになった。

「あの……僕、今日上の空でしたよね、すみません」

千春が店に帰ることを選んだからか、ユウは気にした様子で千春に謝ってきた。千春はぶんぶんと首を振った。

「あ、そういうつもりじゃないんです。ただ、そうですね……勿論《もちろん》、私もユウさんとのデートは楽しみにしてたんですが、ユウさんがやりかけの仕事を放っておけない人なのはわかっているつもりですし……」

千春が気遣いながらもそう説明すると、ユウはますます申し訳なさそうな、むしろ心配そうな顔で千春を見つめた。

「……？　どうしましたか？」

「我慢させているんじゃないかと思って……いや、僕が頼りないせいかもしれませんけど、」

「いやいや……待ってください、別に私、我慢とかしてませんよ？　嫌なことは言いますから」

ユウは疑わしげな様子で千春を見ている。千春が我慢しているとか、強がっているとか考えているのだ。別に千春としては自分にできることしかできないし、無理をしているつもりもないのだが。

「ユウさんは、私が本当に困ったり、寂しく感じていたりしたら、ちゃんと私を見てくれるから、だから私は、寂しいとは思わないですよ。問題があれば言います」

「そうですか……」

「それに、ユウさんが料理してるの見てるの、好きですよ、私」

ユウは照れた様子で目を逸《そ》らし、もう一度、すみません、と謝ってきた。

くま弁の前では、ちょうど熊野が歩道に落ちていたゴミを拾っていた。

店の前はユウがいつも綺麗《きれい》に雪を除《よ》けているが、たとえば歩道に作られた花壇の雪はこの季節になって溶け始める。そうすると雪に隠れていたゴミが出てくるのだ。

熊野は黒ずんだ雪の中に突き刺さるようにして現れた煙草の吸い殻を、ゴミ挟みで拾い上げているところで、

「あれ、早いね」

千春とユウを見て、驚いたようにそう声をかけてきた。

千春は彼に会釈すると、手に持ったお土産の袋を掲げて見せた。

「お店で食べようと思って。熊野さんの分もありますから、一緒に食べませんか？」

「ええ？　いいのかい？　デートじゃないのかい……」

「あの、ユウさんが熊野さんに訊《き》きたいことがあるんですよ。それで、デート中もなんだか落ち着かない様子で……だからもう来ちゃったんです。今、熊野さんいいですか？」

「いや、俺はいいけど……」

熊野は、ユウに確認するような目を向けた。ユウは眉《まゆ》を八の字にして、ちょっとしょんぼりしたような、情けない表情を浮かべた。

「それで、俺に何を訊きたいって？」

いちごの爽《さわ》やかな甘酸っぱさと餡子《あんこ》の甘さ、双方を包み込む餅《もち》の食感……久々のいちご大福を千春が口いっぱいに頬張っている間に、ユウが熊野の問いに答えた。

「公森様の餃子《ギョーザ》のことなんですが……」

ユウの説明を一通り聞くと、熊野は困り顔で禿頭《とくとう》をぺしゃりと叩《たた》いた。

「それは俺の責任だな」

「いえ、そんな……でも、何か思い出せることありませんか？　いつ頃のことだとか……」

「それが全然でなあ。この前、俺も公森さんに会ったからちょっと話したけど、あの人も記憶が曖昧《あいまい》みたいで、六、七年は前のことだとしか……俺も餃子は色々作ってきたから、そのどれかかなあ……」

「レシピはありますか？」

「だいたいは」

なるほど、レシピはあるのか。

ユウは少し考えてから、千春に申し訳なさそうな目を向けた。

「あの、今度、もしよかったら……」

「餃子の試食ですか？　いいですよ！　今日早速作ります？」

いいどころか大歓迎だ。喜ぶ千春を見て、ユウはホッとした表情を浮かべた。

「ありがとう、千春さん」

どさどさっという音とともに、ちゃぶ台の上にノートが何冊も置かれた。古い大学ノートで、表紙には日付が入っている。どれも六年前、あるいは七年前の日付だ。

「これは……？」

「レシピノートだよ、さっき言っただろ」

熊野が、そのうちの一冊を手に取りぱらぱらとめくった。

「記録漏れもあるが、ある程度はここに書き残している」

「いっぱいあるんですね……」

「そりゃ……記録してないと同じの作れないからね。うちは結構日替わりメニューが多いし、どの弁当作ったかの管理もこれでやってるから……」

「でも、これ、遡《さかのぼ》れば何十年分もあるんですよね？」

「いや、古いのは使うやつだけ集めて整理し直してるよ、読み返して探すのも大変だからね。ノートのまま取ってあるのは、ここ十年分くらいかな」

「はあ……すごいですねえ……」

千春は一冊に手を伸ばしたが、はたと気付いてその手を止めた。

「あれ、これって、私が見ていいやつなんですか？」

「なんで？」

「だって、レシピって、部外秘みたいなのじゃないんですか？」

「部外秘だけど、小鹿さん別にレシピわかったからもう買わないってタイプじゃないだろ。そもそもレシピわかったからって家で作る人は週五うちで買わねえよ……」

「……そうですね……」

「まあ、でも勿論部外秘だから、他には漏らさないでくれよ」

熊野からノートを一冊渡された千春は、中身を一瞥《いちべつ》し、眉根を寄せた。

「これは……かなりの難事業ですね」

「ん？」

ノートの字は、かなりの癖字だったのだ。

「人に見せるつもりで書いたもんじゃねえからなあ」

「……自分では読めるんですよね？」

千春と同じくノートを見たユウが熊野に尋ねた。熊野はいかにも感慨深げに言った。

「年月が経つと恐ろしいもんでな、自分の字なのに読めないってことがあるんだ。それに気付いたから、ノートをまとめ直す時はできるだけ丁寧に書いているんだよ」

……これはもしかしたら、熊野に聞いても解読できないレシピがあるのではないだろうか。

「……とにかく、餃子のレシピを探してみます」

前途多難ではあったが、ユウはレシピノートをぱらぱらとめくり始めた。千春もノートを眺めた。字は癖が強く読みにくいが、レシピだと思えばいくらか推測は出来たし、ものによっては完成図が手書きされていたりもした。餃子、という文字を拾おうと、千春は丹念にノートを見つめていった。餃子、あるいはぎょうざ、ギョウザ、ギョーザ……さてなんと書いてあるだろうか。

「……これ餃子っぽいですね」

早速一つ見つけたユウが指摘した。覗《のぞ》き込んだ熊野も頷《うなず》いた。

「翡翠《ひすい》餃子な。美味《うま》いぞ、皮から作るから普段の店には出さないけど」

「普段の皮ってどうしてるんですか？」

「いつも頼んでる業者があって、そこから仕入れてるよ」

「そうなんですか」

千春はそう呟《つぶや》きながら、首を伸ばしてユウの手元を覗き込んだ。そのレシピは熊野のスケッチも添えられていて、確かに綺麗な翡翠色の餃子が描かれていた。

「いいですね……」

餡はニラと豚肉か、それとも皮が緑色をしているだけで、プリプリのエビかな。酢醤油《じょうゆ》と辛子で食べたい……皮も自家製ならきっとちょっと厚めで、つるっもちっとした食感で……美味《おい》しいのだろうなあ。

「千春さん？」

「あ。すみません、こっちも探しますね……」

スケッチが添えてあったせいで想像力が刺激されてしまった。千春は懸命にノートに意識を集中させた。

そしてなんだかんだで、三人でノートをひっくり返しつつ、いくつかのレシピを見つけ出した。

「餃子だけで結構ありましたね」

ユウが付箋《ふせん》を貼った頁を確認しながら言った。千春も集まったレシピを見て熊野に尋ねた。

「このレシピノートって、その年に作った新作のレシピは全部書いてあるんですか？」

「まあ、だいたいは。ただ、後で書こうと思って書き忘れたりってことは時々あったと思うからなあ……」

「そうですか……」

ユウがレシピを確認しながら何やらメモを取っていく。

「とにかく、この中から何品か作ってみましょう。ニラ入り、香菜《シャンツァイ》入り、その他香味野菜入りのものは候補になりそうですね」

「ははあ、なるほど、臭いの強い食材って、ニンニク以外にも色々ありますもんね」

「そうですね、あと普段食べ慣れないだろう食材のものもあり得るかもしれませんね、マトンとか」

「マトン入れたの作ったんですか？」

「色々やってみたかったんだよ。香辛料も効かせてね、結構美味かったと思うけど……今日作るのかい？」

「そうですね、できれば……あ、千春さんは今日試食出来ますか？」

「大丈夫ですよ、今回は連休にしちゃってるんで臭い強いのもオッケーです」

ユウは必要な材料を一通りメモすると立ち上がった。

「僕は食材を買ってきます」

「俺、皮作っておこうか？」

「ありがとうございます、お願いします」

「じゃあ、小鹿さんはこっち手伝ってくれるかい？」

熊野から請われて、千春は二つ返事で頷いた。

「はい！」

レシピを見るだけでもよだれが湧いてきていたところだ、千春はやる気満々で腕まくりした。

餃子の皮の作り方は難しくはなかった。基本的には水と粉と塩で、ひたすら捏《こ》ねて、寝かせて、小さく丸めた生地を平らに伸ばし、そこに餡を入れて包めば餃子の完成だ。

だが、数を作ろうとすると、その一つ一つを丸めて、ちょうど良い厚みに伸ばして、という作業が大変だった。これは他のものも作る普段のメニューには到底入れられない。

「な、なかなか伸びないんですよね、この……くっ」

「大丈夫大丈夫、上手だよ」

熊野はそう声をかけてくれるが、熊野が器用に三枚も四枚も伸ばす間に、千春は一枚を不格好に伸ばしている状態だ。体重のかけ方が悪いのだろうか……？

しかしなんとかかんとか皮を作り終え、ユウが用意した餡《あん》をみんなで包む。これも包み方はなんでもいいと言われたので、千春は実家で母と作った餃子《ギョーザ》を思い出しながら包んだ。ひだを五つ作って、半円にしていく。熊野とユウはそれぞれ餡ごとに違う包み方をして区別していた。千春が包んだのは、ニラと豚肉入りのものだ。

「じゃあ茹《ゆ》でましょうか」

「えっ、水餃子なんですか？」

「勿論《もちろん》焼いても美味いけど、茹でてもつるっとなって美味しいよ」

「なるほど……」

餃子だけとはいえ何種類も作ったから、随分長い時間厨房《ちゅうぼう》に立っていた気がする。千春は椅子を勧められ、遠慮なく座った……ものの、やはり餃子が気になって立ち上がり、ユウのそばをうろちょろして鍋《なべ》の様子を窺《うかが》う。最初に茹でられているのは、千春が包んだニラ餃子だ。ニラの甘いような香りが漂っていて、空腹が刺激される。

「いいですね、ニラ餃子……」

何しろ野菜はニラばかりだから、火が通って皮が透けてくると餡の綺麗《きれい》な緑色が鮮やかに浮かび上がってくる。皮は熊野の言う通り、いかにもつるっとして、つやつや輝いている。これは絶対美味い。美味いに決まっている。

「よしよし、タレ出しとこう」

　熊野が言っていそいそと準備を始めた。千春は深皿を用意し、そこにユウが茹で上がったほかほかの餃子を湯切りして注ぎ込んだ。餃子はまるで生きている魚みたいに、ぷたぷんっと飛び跳ねながら皿の中に落ち着いた。厨房中にニラの香りが充満していた。

「持ってって食べててください、僕次のやってますから」

「はあい！」

千春は中身を零《こぼ》さないよう気をつけて奥の和室に皿を運び込み、ちゃぶ台の上に置いた。すでに熊野が醤油《しょうゆ》と酢と黒酢を用意してくれていて、千春は小皿に醤油と黒酢を好みの割合になるよう注ぎ、餃子に備えた。

「じゃ、先に食べてようか」

「はい！　いただきます！」

水餃子は何しろつるつるで良く滑ったので、箸《はし》で摘まむのも結構大変だった。なんとか酢醤油をつけて口に入れると、ぷるんっとした皮の食感がまず嬉《うれ》しい。もちっとした皮を破ると中からニラの強い臭い。嚙《か》み締めると、今度はニラ自体の青々とした甘みと豚肉の旨味《うまみ》を感じる。そう、ニラは加熱して嚙むと甘い。しゃきっとした歯ごたえも残っていて、しっかり存在を主張している。

「これ美味しいですよ、公森さんも絶対美味しいって言いますよ……！」

熊野も黙々と美味しそうに食べている。三つ目を食べる頃には、ユウが新しい餃子を持って来てくれた。今度はマトンだ。部屋にはニラの臭いに加えて、羊肉の独特の臭みが漂い始めた。

この羊肉の臭みというやつが苦手な人もいるのだが、千春は実は結構好きだった。札幌はスーパーでも羊肉が結構売られていて、牛豚鶏に次ぐスペースを占めているほどだ（ちなみに店によっては鹿肉も売られている）。そのせいで千春も何度か羊肉を買ってとりあえず焼いたり煮たりして食べてみたのだが、これが結構美味しい。ラムの方が柔らかく臭みも少ないので扱いやすいが、マトンの方が羊らしい肉の風味がはっきり出てくる。

餃子の中身はユウが丁寧に包丁で叩《たた》いたマトンと玉ねぎだった。やや小ぶりで、丸っこい形に包まれている。タレをつけなくても大丈夫ですよ、と言われたので、とりあえずそのまま齧《かじ》り付く。

厚めのぷるんとした皮に、下味がしっかりついた餡がぎゅうぎゅうに詰め込まれている。羊肉を挽肉《ひきにく》にするのではなくあえて包丁で叩いて潰《つぶ》したために、ところどころに入ったちょっとした塊の食感が嬉しい。玉ねぎのしゃきしゃきした食感も変化があっていい。

「これも美味しいですねえ」

「小鹿さん、羊の臭みって平気？」

「はい。このくらい羊臭い方が好きですねえ、どうせ羊食べるなら。公森さんってどうですか？」

「好きだと思うよ、前にジンギスカンした時もよく食べてたし。でも、羊肉は確かに臭みがあるけど、餃子に入れた時にニンニクより臭いかっていうと、なんか方向性違うような気もするんだよねえ」

「はあ……」

そんな話をしているうちに、またユウが次の餃子を持ってきた。

聞かずともわかる、今度は香菜だ。爽《さわ》やかだが結構独特な臭いがする。

「香菜すごい臭いですね……」

「そうですね、それからこちらも」

ユウは二皿の餃子をちゃぶ台に置いて、空いた皿を片付けた。

「あっ、全部食べちゃったんですけど、ユウさん試食してます？」

「大丈夫ですよ、持ってくる前に取り分けて食べてますから」

「一皿は香菜入りで、もう一つは？」

「食べてみてのお楽しみ、ですね」

千春はひとまず香菜の香りがぷんぷんとする方を食べてみた。

想像通り、まずは香菜の香りが口の中に広がる。苦手な人にはきついだろうが、千春はむしろ好きな方で、フォーなどにもできるだけたくさん入れてしまうくらいだ。皮に閉じ込められた香菜と豚肉は混じり合い、一つになって、大変香り高い餃子になっている。

「すごく風味良いですね……好みは分かれそうですけど、美味《おい》しいです」

「香りのあるものを混ぜると良いよね……お、こっちはアレか」

熊野がもう一方の餃子を食べて呟《つぶや》いた。アレってなんだ？　千春もうずうずして、すぐに同じ皿に箸を伸ばした。

餃子に齧り付くと、ふわっと強いニンニク臭が薫った。ニンニクが多いのかな、と一瞬思ったが、豚肉に混ぜ込まれたしゃきしゃきとした食感に首を傾げる。ニンニクのような風味だ……だがニンニクとは考えにくいほど大量に入っている……。

「これ……は……？」

「ニンニクの芽です。芽というか、正確には花茎の部分ですが」

「ああ！」

牛肉とかと炒《いた》めてオイスターソースで味付けすると美味しい、緑色の、細長いあの……言われてみれば、確かにニンニクの芽だ。よく刻んで、豚肉と混ぜて餡《あん》にしてある。

「というわけで、四種食べ比べていただきましたがいかがでしたか？」

ユウに問われて、千春はこれまでの餃子を思い返した。

「食べたことのない餃子が多くて面白かったです。羊肉とか、ちょっと変わってて……」

「小麦の皮で餡を包んで加熱するっていう料理は、ユーラシア大陸のいろんな地域で食べられてるからね、その土地のものを色々入れて作られてるんだよ。マトンを入れたのは、モモっていうチベットの餃子を真似したんだ」

「臭いといえば、仏教では、いわゆる五葷《ごくん》というのがありますね。精進潔斎する時には避けるようにとされている、ニラ、ネギ、玉ねぎ、ニンニク、ラッキョウ等の野菜類のことですが。ラッキョウ以外は僕も餃子に入れたことがあります」

「まあ、ひとまずこんなもんか。小鹿さんは、どれが臭いって思った？」

「えー、うーん、難しいですね、どれも独特の臭みはあって……でも、そうだなあ、ニンニクの芽入りの餃子は、かなりイメージに近いかなと思いました。私が餃子が臭いって時に思い浮かべるのって、やっぱりニンニクなので……熊野さんはどうですか？」

「そうだなあ……臭気が翌日に残るのが気になるのなら、ニンニクの芽とかニラとかかな。普通、ニンニクは中国の餃子にはあまり入れないんだけど、日本で餃子っていうと、ニンニク入ること多いから、小鹿さんのイメージもわかるよ。香菜《シャンツァイ》は臭いはきついけど、翌日に残るって方向性じゃないだろうし」

ユウは二人の話を聞いてしばらく何か考え込み、それから頷《うなず》いた。

「わかりました、お二人ともありがとうございます。何種類か作ってみて、公森様にも確認してもらいたいと思います」

「そうだな、それがいい」

「公森さんの食べたいものがあるといいですね」

「さて、じゃあ他の餃子も焼きますか」

「えっ、焼きもあるんですか？」

「ありますよ、さっき作っておきました。蒸し餃子《ギョーザ》にするエビのもあります。あの、まだ食べられますか？」

「わあっ、食べます！　食べたいです！」

いつの間にそんなものを仕込んでいたのだ──千春は頬が緩むのを抑えられなかった。ちょうど夕飯の時間帯でもあった。しばらくしてユウが焼いた餃子を持ってくると、熊野が冷えたビールを出してくれた。全員タブを引いて缶を開け、何にともなく乾杯し、改めて餃子パーティー……いや、試食会を再開した。

焼き餃子はいつものくま弁で食べるそれと同じで……いや、焼きたてな分、口の中を火傷《やけど》しそうなほどにあつあつで、皮はパリパリだ。餃子を飲み込み、肉汁とニラの風味が残る口に冷えたビールを流し込む……。

「あれ……」

しばらく飲み食いした後、千春は畳の上に何か見慣れないものが落ちていることに気付いた。それは植物の花のようだった。細い茎の上に小さな花がいくつもついたそれは、すでに平べったく潰れ、乾いて……押し花のようになっていた。

何かの花に似ているような気がしたが、よくわからない。千春はその茎のところを持ってくるくると回し、果たしてこれはどこから落ちたものだろうかと辺りを見回し、それから、いやいや、押し花のように潰れているということは、何かの間に挟んであったのではないだろうかと考えて、自分が少々酔っていることを再確認した。

だがすぐにユウが作った海鮮焼きそばが出てきたりして、その花のことは忘れてしまった。


餃子試食会の翌週、来店した公森は熊野に声をかけられ、店のバックヤードへ引っ張り込まれた。餃子の試食のためだった。

彼に少し遅れて来店した千春は、公森と一緒に来店した黒川から話を聞いて、それを知った。

「じゃあいよいよですね。なんか私も緊張してきました……」

「え、なんで小鹿さんが緊張するんです？」

「私もちょっとだけ協力したんですよ」

「また試食ですか？」

「今度は食べただけじゃないですよ、試食の時の皮作ったりしましたからね、まあそれは先週の話で、今回は何もしてないんですけど……でも、ほら、関わったといえば関わったので」

「へえ〜、どんな餃子作ったんですか？　臭いのっていう条件ですよね？」

「そうそう、だからニラとか、ニンニクの芽とか、ほら、そういうの……五……なんでしたっけ……」

「ご……？」

五……五なんとかだとユウが言っていたはずだが、残念ながら千春の記憶からは数日前に聞いたはずのその単語は抜け落ちてしまっていた。

「仏教的に……避ける……こう……まあいいや、ニラとか色々入った餃子ですよ。美味しかったですよ、確かに臭いは強めですけど」

「じゃあ今度こそ公森さんも気に入ってくれるといいですねえ」

本当にそう思う。千春はどきどきしていた。調理中のユウは見た目はいつも通り丁寧な接客だったが、内心では同じように緊張しているかもしれない。

ほどなくして、熊野と一緒に公森が出てきた。和気藹々《あいあい》とした雰囲気だったが、お互いに少し申し訳なさそうな顔をしている……眉《まゆ》を八の字にして。

あれ、これはもしかして……と千春がはらはらしていると、黒川が先に声をかけた。

「どうでした、公森さん、餃子食べ比べさせてもらったんでしょう？」

「どれも美味しかったよ」

最近見るたびに丸々としてきた公森が、にこにこと笑顔で言った。それは心からの言葉に聞こえる……が、やはり顔は申し訳なさそうな感じだ。

「ほら、前にここで食べたことあるっていう餃子、見つかりました？」

いやあ、とやはり八の字眉のまま、公森が頭を掻《か》いた。

「ニンニクの芽入りの餃子が近かったかなあ」

近かった……か。

千春はがっくりしてしまった。近かった、というのは、そのものではないということだろう。美味しかったし、記憶の餃子に近いものは見つかったが、はっきりこれだと言い切れない……だからなんとも申し訳なさそうな、ちょっと困ったような表情なのだろう。

「近かったっていうのは、どういうことなんですか？　何が合っていて、何が違ったんですか？」

黒川がさらに質問すると、公森は唸《うな》って顎《あご》に手を当てた。

「そうだなあ。近い……近いと思ったのは、やっぱり臭いかなあ。ニンニクの臭い。でもニンニクそのものとも違っていて、なんかもっと青っぽい薬物っぽい感じで、そう、たぶんニンニクの芽で合ってるんじゃないかとは思うんだよねえ」

「ん？　じゃあニンニクの芽でいいんじゃないんですか？」

「いやあ、それが……」

困り顔の公森の隣で、熊野がはっきりと言った。

「前食べた時は、一口食べた途端、もっと食べたいって感じだったんだってよ」

「あっ、そこまではっきり言ってないよお、熊さん……」

「でもそういうことだろう？　いや、別に責めてるわけじゃないよ、勿論《もちろん》。でも違いははっきりさせておかないと」

一口食べた途端、もっと食べたいと感じる……そう言われて、千春も思い出したが、公森は以前その餃子を食べた時、翌日が仕事だからと一つで我慢したのだ。きっと本当はもっと食べたかっただろうそれを、引退した今は腹一杯食べられる……公森は餃子弁当を注文した時、そう期待していたはずだ。その願いを、熊野も叶《かな》えたいのだろう。

他に客もいない時間帯になっていたので、熊野らは店の中でわいわいと話し合い始めた。ユウは公森以上に申し訳なさそうな顔で謝った。

「申し訳ありません、ご満足いただけるような餃子をお作りしたいのですが……」

「いやいやいや、とんでもない。私も変な頼み方してしまって……参ったな、こんなに皆さんにご迷惑おかけすることになるなんて、思ってもいなくて」

「迷惑なんてことはないよ、公森さん」

熊野が真っ先にそう言った。

「引退後の楽しみにとっておいてくれたんだろう？　俺だって嬉《うれ》しいし、協力したいんだ」

「ありがとう、熊さん……」

「あ！」

と突然黒川が叫んだ。驚いて公森が息を呑《の》み、皆が黒川に注目した。

「あ、ごめんなさい……いや、思ったんですけど、もしかしてそのときの状況が特殊だったとかは？　ほら、状況によって、ものすごく美味《おい》しく感じたり……あるじゃないですか」

千春は言われて想像した——。

「……外で食べるとか？」

「そうそう、そういうのですよ」

確かに、よく晴れた日に戸外で食べるおにぎりは美味しいものだし、皆で食べる焼き肉やジンギスカンも楽しくて食が進む。状況が人の食欲や味覚を刺激するのはよくあることではないだろうか。

「何か心当たりあるかい、公森さん」

「ううん……といっても、当時のことはあんまり覚えていなくて……外、とかではなくて、ここの店だったと思うよ。店の、そう、あの和室だったかな。そこで……あー、なんだったかな、すごく疲れてた。それくらいかな……うん、疲れてたってのは覚えてる。

「あ、運動、いいですね」

黒川が食いついた。なるほど、運動して空腹になっていたら、美味しい餃子がさらに美味しく感じられそうだ。

公森は恥ずかしそうに言った。

「最近は運動なんて全然してないなあ」

　そういえば、公森は仕事を辞めてからずいぶん顔が丸くなった。元々標準よりやや太めの体形ではあったが、最近は首回りがきつそうに見えることもある。

「定年退職してから、だらだら過ごしちゃって」

　ちょっと恥ずかしそうに言って、彼はふくよかな頰を掻いた。

「熊さんすごいよね、引退したけどまだまだ店立って手伝うこともあるし、教室で料理教えてるし」

「店にはそんなに立たないし、あとは趣味だよ、趣味。スーパー銭湯行くのと一緒だよ。公森さん、趣味は？」

「ないんだよねえ、それが。ついついだらだらお菓子食べながらテレビ見たり本読んだり……そうそう、スイーツっていうの、甘味が好きでねえ、あちこちの食べてるけど……」

「お、食べ歩きですか、いいじゃないですか。僕も好きですよ」

　同好の士を見つけて黒川がうきうきとした声で言ったが、公森は苦笑した。

「いやいや、歩かないよお。ほらあ、今はなんでもネットで取り寄せできちゃうからね、お店行かなくていいんだよお」

　なるほど……ネット通販で購入したお菓子を食べながらテレビを見たり本を読んだりして好きな時に寝て好きな時に起きる……確かにほとんど運動らしい運動をしなそうな

一日だ。

「お菓子って決まった時間とかじゃなくずっと食べてるんですか？」

千春の問いに、公森は照れた笑みを浮かべて答えた。

「うん。だいたい何か口にしてるなあ」

「……その……失礼ですけど、その生活っておなか空《す》きますか？」

「うん？」

公森は、また、えへ、という感じで笑った。

「いやあ、減らないよねえ」

黒川は呆《あき》れた様子で言った。

「よくないですよ、公森さん。おなか減らして食べたごはんの美味しさを思い出しましょうよ」

「それに、常にだらだら食べている状態だと、歯にもよくないですよ」

千春が付け加えた。

「時間を決めてそのときだけ食べた方が、歯にとってはいいんです」

「そう……？」

「そうですよ。歯医者さんで聞きました」

「……実は最近虫歯が……」

ほらあ！　と黒川が心配そうな表情で叫んだ。

公森は黒川の顔を見て、いやいや、と急いで手を振った。

「待ってくれよぉ。私はね、これを楽しみにやってきたんだ。退職後ののんびり好きなことできる時間をね。多少太ったり虫歯はできたりしたけどね、いいんだよ、私が楽しんでいるんだから」

「でも、おなか減ってる時の方が、食べ物って美味しく感じられるんじゃないですか？」

黒川の言葉は痛いところをついたらしく、公森はぐうと唸って黙ってしまった。

「それに、やっぱり健康に良くないと思いますよ……？」

千春も控えめに言い添えた。

「そうそう。まだ六十五だっけ？　若いんだからさ、健康ならまだまだ何十年もこの先だらだらできるよ。勿論、このままで満足なら、それも公森さんの人生だけどさ」

公森よりいくつか年かさの熊野もそう言った。

公森はしばらく目をあちこち向けたり、口をへの字にしたりした挙げ句、深々と溜《た》め息を吐いた。

「……認めるけど、確かにそうだね。以前すごく美味しく感じたお菓子が、最近そうでもなくて……味が変わったのかと思ったけど、変わったのは私の方だったのかもねえ……

……………うん」

一つ頷《うなず》いて、彼は顔を上げ、晴れ晴れとした顔で宣言した。

「よし、じゃあ、ちょっと運動してみようかな」

黒川が嬉しそうに手を叩《たた》いて誘った。

「よかった！　じゃあ協力しますよ、一緒に走りましょう！」

「えっ……」

晴れやかな表情が一気に曇った。

「走るのは……」

公森がやる気を失う前にと、千春は急いで言った。

「じゃあ、ジムはどうですか？　私行ってるとこ、会費も安いですし……ちょっと古いけど、駅に近くて行きやすいと思いますよ」

「この辺なの？　じゃあ行ってみようかなあ……」

よし、まずは第一歩だ。

公森は年に似合わないちょっと情けない顔で確認してきた。

「お菓子も控えた方がいいかなあ……？」

「とりあえずだらだら食べるのをやめて、三時のおやつの時間だけにしてみたらどうでしょう。その時間は好きなものを食べるって決めて……」

「そうだねえ、そのくらいなら……」

熊野が公森の様子を眺めて呟《つぶや》いた。

「だらだら食べる……ってのは、飯どうしてたんだい？」

「え？　ああ、実のところ、ごはん代わりにしてた部分もあってね……特に昼はちゃんとしたものは食べてなかったよ。夕飯にここで弁当買ったり、居酒屋入ったりして、帳《ちょう》尻《じり》合わせてたくらいで」

「やっぱりね。なら簡単なものの作り方くらい教えるよ。公森さんの好みは知ってるからね、丼ものとかどうだい？」

「いいのかい？　嬉《うれ》しいねえ」

わいわいとアイディアを持ち寄って、それぞれ好きに助言していくのだが、公森も前向きにやる気になってくれていた。千春もジムの初日には付き合う約束をして、ちょっと足取りの軽くなった公森を送り出した。

「いやあ、これで餃子《ギョーザ》弁当美味しく食べられるようになるといいですねえ」

隣で同じく公森を見送った黒川もそう言っていた。千春もチーズハンバーグ弁当入りの袋を手に頷いた。

「それに健康的に第二の人生楽しめるといいですよね」

「ま、そこは本人の価値観でもあるから、どうなるかわかんないですけど……」

黒川は呟いて、顔をくしゃっと潰《つぶ》すような笑みを見せた。目尻に深い皺《しわ》が寄る。

「でも、これからも元気にここで会えたら、それが一番僕は嬉しいですね」

「……本当に、そうですねえ」

働いていた頃の公森は忙しそうだったが生き生きとして、食べることも大好きな人だった。今だって元気そうには見えるが、やはり急に太りだしたのは千春も気になっていたし、くま弁で弁当を選ぶ時も以前ほど楽しくなさそうに見えた。たぶん、ああいう生活を続けていたから、あまり食欲もなかったのだろう。楽しそうな公森がまた見られたらいいな、と千春は考えていた。

ふと声をかけられて振り向くと、ユウがわざわざ店の外に出てきていた。

「あの、お二人とも、今日は公森様のこと、ありがとうございます」

「いや、ユウ君のためじゃないよ」

「そうなんだと思いますけど、僕からは、どうも……言いにくいこともあったので」

「あ、そうだよね。うちの弁当まずく感じるのはおなか空いてないからじゃないですかとか言いにくいよね」

「そうは言ってませんよ！　ただ、あまり元気がなさそうなところが気になっていて……」

「……今度人間ドックとか誘ってみようか？」

黒川の申し出に、ユウは曖昧《あいまい》に首を傾げた。

「そうですね、そういうものも良いと思うんですが……あの、僕もまだ引退するような年ではないので、想像することしかできないんですが、年を取り、仕事を引退したら、どうするかなと考えてみたんです」

黒川も千春もユウの言葉を待った。ユウは言葉を選びながら、慎重に語った。

「僕は……しばらく解放感で色々やったり、何もしなかったりした末に、結局料理やってそうだなあって思ったんです。でも、そこに至るまでに、色々手探りする期間ってあるわけで……勿論《もちろん》、最初からこうすると決めてその通りにして楽しんでいる人もいるとは思いますが、中には、生活の変化に最初は身体も心も戸惑ってしまう人や、事前に思い描いていたことが実際に体験するとどうも違う……という人もいるでしょうし……。勝手に想像してしまうのも申し訳ないのですが、もしかしたら、公森様も今はまだ戸惑っている時期なのかもと……」

そういう話は、確かに時々耳にする。それまで仕事漬けだったのに仕事から解放されて、何をしたらいいかわからなくなってしまう……というやつだろう。なるほど、公森の変化には、そういう理由もあったのかもしれない。

黒川はふうん、と気のない返事をした。

「そういうものかあ。僕なんか、休みがあったら毎日やりたいことだらけだよ。旅行したいし、釣りに行きたいし、キャンプしたい。スポーツ観戦して、友達とお酒飲んで。ゲームもしたい。でも、これも短い休みでやるから張り合いがあるのかなあ……？」

「どうでしょうね」

くま弁の常連客の年齢層は結構高めだから、千春も時々、自分の引退後に思いをはせることがある。ふと、穏やかなその景色の中に、自分と同じように年取ったユウもいるのかなと考えてしまった。そうしたら、一緒に、どんなことをするだろう。やはり今と同じように、ユウの料理する隣で、楽しくやっていけたらいいな……。

ぼうっとしていたら、ユウに顔を覗《のぞ》き込まれていて、目が合った。

「千春さん？」

くっきりとした二重の目。想像の中の加齢による皺はまだどこにもない、三十前くらいのユウの顔だ。

「いや……なんでもないです……それより、今度は公森さん、おなか空《す》かせて食べに来ると思いますから、また美味《おい》しい餃子弁当作ってくださいね！」

千春は浮ついた想像を振り払うため、話題を変えた。

ユウも表情を引き締め、頷いた。

「そうですね。皆さんが協力してくれるんですから、僕も精一杯作らせてもらいます」

「あれ、ユウ君、あんまり自信なさげ？」

ユウの表情を見て、黒川がそう言ってきた。ユウは、そんな……と否定しかけたが、結局困り顔で認めた。

「まあ……そうですね、何しろ公森様の反応も微妙だったので……僕も、またノート見返してみますよ。何か手がかりがあるかもしれませんし」

てっきりニンニクの芽入りの餃子で決まりだと思っていたので、千春にはユウの態度は意外だった。

数日後、千春は約束した通り、公森にジムを紹介した。

入会したばかりのジムで早速身体を動かしていくという公森と別れて、千春は帰宅中だった。本当はそのまま千春も利用していくつもりだったのだが、ウェアを忘れた……。ジムで借りることもできたが、有料だし、すぐ近くだから取りに帰ることにしたのだ。

(ん?)

ふと通り過ぎた古い商店の裏庭に、ネギが植えられているのがちらりと見えた。急いでいたので立ち止まらずに通り過ぎたが、不意に頭に浮かんだのは、乾いて平べったくなった植物だ。茎の先に小さな花がたくさんついていて、丸っこくて、そう、葱坊主《ねぎぼうず》のようだった……。

あれがなんだったのかはわからないが、ネギの仲間の何かだ。

(あっ、なんだっけ、ユウさんが言っていた)

千春は前に聞いた言葉を思い返そうとした。五……くん、そう、五葷《ごくん》、臭いが強く、精進潔斎する時には避けられる野菜。ニラ、ネギ、玉ねぎ、ニンニク、ラッキョウ等……。そのどれでもないかもしれないが、おそらくあの植物も同種の野菜だ。

気付くと千春は家ではなく、くま弁へ向かっていた。店は営業前だが、ユウはもう店で仕込みをしているだろう。どうしても確かめたいことがあった。熊野がいなければ帰ることにするつもりだったが、訪ねてみると熊野はちょうどいて、千春を出迎えてくれた。

「ユウ君呼ぶからちょっと待っててくれよ」

「あ、いえ、いいんです、今日は熊野さんにお話があって来たんです」

「俺？」

千春は玄関から屋内へ上げてもらうと、和室へ行って、あちこち探した。

「あの、植物を探しているんです。前にここで見かけて……」

「植物？」

「ええと……あった、あった！」

千春がしばらく前に見つけた不思議な植物は、棚の上に置いてあった。ああ、と熊野がそれを見て言う。

「それ、この前の餃子パーティーのあと拾って、なんか引っかかってさ、取って置いたんだけど……」

「熊野さんもですか？　実は私もなんです。だって、これ、葱坊主に似てません？」

「あ、なるほど、そういうことか」

熊野も指摘されて気付いた様子で、押し花のように潰れて乾燥した植物を眺めた。

「……そっか、わかった。ちょっと待っててくれ」

熊野はそういうと、レシピノートを出してきて、その一冊をぺらぺらとめくり始めた。

彼が手を止めて開いたのは、左ページだけ空白になった部分だった。よく見ると、ページに染みとへこみが見える。

「ほら、ここにあったんだ」

「これ、熊野さんが挟んでたんですよね？」

「そう。たぶんだけど、この日に作ったレシピを書くためにスペースを空けておいたんだろうな、結局書き忘れちゃったけど……」

「じゃあ、ここに何かレシピを書く予定だったんですね。それで、この植物を挟んでたってことは……」

「たぶんこれを使った料理を作ったんだろうな」

熊野は呟《つぶや》いて、じっと手元の植物を見つめた。

「私、ネギの仲間じゃないかなって思って……」

「そうだな。これは……」

ふと熊野は空白のページに日付だけは書いてあることに気付いて、目を瞠《みは》った。

「あ、四月……そうか、わかったよ、これギョウジャニンニクだよ！」

その名前は千春にはあまり馴染《なじ》みがなかった。ぴんとこない様子の千春に、熊野は説明してくれた。

「何年か前、そう、たぶんこのレシピノートからすると六年前になるか。友人がギョウジャニンニク栽培してるから取りに来いって言ってね。行ったんだよ。そしたら山の中にあって、畑まで分け入っていくのが大変で……まあとにかく、収穫の手伝いをしてきて、たっぷり分けてもらったんだ。ギョウジャニンニクってのは、日本だと、北海道とか本州の山の中に生えてててね、行者が山で修行中に齧《かじ》って英気を養ったっていう話で、滋養強壮効果が高いもんなんだよ。普通、花が咲く前のものを収穫するんだが、これはたぶん間違えて紛れ込んだんだな。それをなんとなく思い出にそのまま挟んで、忘れてたんだ」

「あの、それでお味は……」

ギョウジャ『ニンニク』――というくらいだ。千春は期待して訊《き》いた。

熊野は笑顔で答えた。

「当時はすごかったんだよ、臭いがこの部屋じゅうに漂ってね。いやあ、そうだ、あのときたまたま公森さんと、他にも何人か一緒に来てくれてね。車出してくれたんだよ、遠いと運転手一人じゃ大変だろって。それで交替で運転してね……収穫も手伝ってくれたんだ。でも、帰ってきてからお礼に色々飯作ってごちそうしたんだけど、公森さんだけギョウジャニンニクは臭くてあんまり食べてくれなかったんだ、そうだ……やっと思い出したよ」

それでは、ついに見つけたのだ。千春は跳び上がってしまった。

「やったっ、じゃあこれで餃子《ギョーザ》作ればいいんですね？」

「そう、そうだよ。これだよ」

騒ぎを聞きつけたのか、ユウが厨房《ちゅうぼう》から和室を覗いて、驚いた顔をした。そのとき、千春と熊野は互いにうんうんと頷《うなず》いたり、固く握手をしたりして喜びを分かち合っているところだった。

「あ、じゃあユウさん、詳しくは熊野さんから聞いてください。私公森さんジムに置いてきちゃったから」

「？　はあ……」

不思議そうな顔で、ユウは千春を見送った。

公森は順調に運動の習慣を身につけていった。二週間も経つと、アプリでジム通いの運動量をチェックして、さらに苦手なジョギングも黒川に励まされながら頑張るようになっていた。毎日の運動量がチェックできるのも、黒川や千春らと競い合いながらできて楽しいようだ。

間食も楽しみつつ、自炊も再開した。元々一人暮らし期間が長いのである程度は料理はできたそうで、ただ面倒だっただけらしいのだが、熊野が教えた丼ものが簡単で美味《おい》しかったからとまた料理の楽しさに目覚めていた。

元々特にダイエット目的で始めたわけではなかったが、食習慣、運動習慣が整ってくると、自然と体重は健康的に落ち始めたらしい。まだまだ顔は丸かったが、公森は日に日にはつらつとしていった。

そして、ある日、熊野が千春に声をかけてきた。餃子パーティーをするというのだ。

というのも、ついにギョウジャニンニクを友人から入手できたので、早速餃子を作ろうと公森に話したところ、公森から、是非餃子パーティーにして千春たちも誘って欲しいと言われたらしい。

「体調管理手伝ってくれたお礼だってさ。よかったらどうだい、黒川さんも来るって」

「喜んで！」

千春は勿論《もちろん》参加を約束し、パーティー翌日はシフトを調整して休みを取ることにした。

当日になってくま弁に行ってみると、すでに公森も黒川もいて、千春を――というよりは、餃子を待っているところだった。千春は急いで手を洗わせてもらうと、空いている場所にさっと座布団を敷いて座った。

そして、間を置かず。

「お待たせいたしました！」

ユウが大皿を抱えて厨房から出てきた。皿の上に並ぶのは、焼き餃子だ。火が通って透けた皮越しに、綺麗《きれい》な緑色が見える。一見するとニラ餃子にも似ているが、もっとニンニク寄りの香りが漂っている。

「ギョウジャニンニク入りの餃子です。おそらくこちらが、熊野が以前公森様に作った餃子だと思います」

くんくんと臭いを嗅《か》いでいた公森が、ぽつりと呟いた。

「臭いがすごいですね……」

「ふふ、そうですよね」

ユウが微笑んで、全員に取り皿を配った。

「じゃあ……いただきます」

公森は一つ箸《はし》で摘まみ、酢醬油《じょうゆ》をつけて齧《かじ》り付いた。じゅ、と熱そうな汁が溢《あふ》れてタレに滴った。予想以上に熱かったのか、公森はしばらく、はふ、とか、ふわっ、とかしか発することができなかったが、しばらく経って、飲み込んでから、うわー、と呟いて、目をぎゅっ……と閉じた。そのまぶたの裏に、どんな記憶がよみがえったのかはわからないが、彼は次に目を開いた時には、玉のような汗をいっぱい掻《か》いた顔に、満面の笑みを浮かべていた。

「美味《うま》い！」

言うなり、彼は残り半分の餃子を口に放り込み、飲み込むと同時に今度はビールをごっくごっくと呷《あお》った。

「うわあ、じゃあ僕もいただきますね！」

「わ、私も」

千春も黒川もいそいそと箸を取って我先にと餃子に齧り付いた。

ぱりっと焼けた皮の中からは、熱々の肉汁が溢れてきた。そして、もう、とにかく風味が良い。ニンニク臭といってもむやみにニンニクが多いとかそういうものとは違っていて、臭いというよりは香りが良いと表現したくなる。葉の部分が多いせいか柔らかな甘みをより強く感じた。そこはちょっとニラっぽくもある。豊かな山の幸をいただいて、腹の中から生まれ変わっていくような、身体に心にエンジンがかかるような心地がした。

そこに千春はビールを呷った。黒川は白いごはんを掻き込んだ。お互いに美味いとか素晴らしいとかいうことを表現したいのだが、二人とも、言葉にならず、いやあ、とか、うわあ、とか言って、笑い合った。

「いいですねえ、美味しいです」

ようやく千春はユウにそう感想を言った。

黒川はろくに感想も言わず次の餃子に手を伸ばしている。ユウの視線を受けて、だっておなか空《す》いてて、と言い訳している。

「僕と公森さん、さっきまでプールで泳いできたんですよ」

「あれ、そうだったんですか」

「うん、ねえ、公森さんもめっちゃくちゃおなか減ったって言ってましたよね」

「そう、おなかぺこぺこできたんだよお。いやあ、美味いなあ。これ何個でも食べられるよ」

「お、出ましたね、その台詞《せりふ》」

黒川に指摘されて、公森はなんのことかときょとんとして、それから自分の発言に気付いた。

「あ、そっか、前に食べた餃子は、何個でも食べられそうだった……みたいな話したんだっけ。いやあ、本当だよ、まさにこれ。それにね、空腹ってやっぱりすごい。めちゃくちゃ美味しい……いや、勿論、元から美味しいんだろうけど。でも、やっぱりある程度おなか減らして食べた方が、美味しいよ。それに……」

　そう言って、公森は千春、黒川、熊野、ユウを順に見た。

「みんながいてくれて、その中で一緒に食べるのって、いいもんだね。最近は、一人で食べること多かったから……ありがとう、皆さん」

「えー、どうしたんです、改まって」

　黒川は照れて茶化すように言ったが、その彼にも公森は顔を向けて説明した。

「黒川さんは休みのたびにワークアウトの様子見てくれて、シューズも一緒に選んでくれた。小鹿さんは私にジムとかアプリのこと色々教えてくれて、器具の使い方まで教えてくれた。熊さんには料理を教わって、身体の調子も整ってきた。皆さんのおかげで、随分心も身体もすっきりしたよ。それに、ユウ君は何度も餃子作ってくれて、ついには私もすっかり忘れていたこの味を再現してくれたんだ」

「そんな……ギョウジャニンニクを使うのに気付いたのは、小鹿さんと熊野ですし、僕は……」

「今日作ったのはユウ君だよ。ユウ君、皆さん、ありがとう」

　公森は深々と頭を下げた。

「そりゃよかったよ」

　熊野が満足そうに言い、餃子を食べた。

「うん、こりゃ美味いな。ほら、ぼうっとしてないで、食べよう食べよう」

熊野の言葉で、皆また箸を手に餃子《ギョーザ》に取りかかった。

ユウは照れと、喜びの入り交じった顔で、少しの間熊野の言う通りぼうっとしていたが、すぐに自分も焼きたて餃子に齧り付いた。

「ボランティア始めたんだよね」

公森はそう言ってニラ餃子を一つ食べた。ギョウジャニンニク以外にも、ユウが次々いろいろな餃子を出してくれて、皆でそれをわあわあ言いながら食べていた。

熊野が興味深げに尋ねた。

「へえ、どんなのだい?」

「高齢者のおうちのゴミ出しとか買い出しのお手伝いとか、施設でイベントする時のお手伝いとか。この間登録してね。色々やってみてるところ。あ、子どもに将棋教えたりもしたよ」

語る公森の表情は明るく、前向きに見えた。

「仕事でもいろんな人に会ったけど、やっぱり私は人に会うのがいいねえ」

「好き勝手にのんびりするのはもうおしまいかい?」

「まあ、息抜きもしつつ、かなあ。だから、今日はいいんだけど、また臭いのきついものは人と会わない時にしないといけなくてね。当分はお預けかな」

お預けと言いつつ、公森は我慢するのが辛《つら》いという様子も見せない。楽しげで、嬉《うれ》しげで、そう、緩み始めた四月の空気の中で、次々に咲き出す花を眺めているような、満ち足りた、爽《さわ》やかな表情を浮かべていた。

退職という大きな変化を経て、少々戸惑い、迷う時間はあったものの、公森はまた自分なりの道を見つけ出して輝き始めたのだ。

ユウと熊野が交互に餃子を焼いたり蒸したり茹《ゆ》でたりして、餃子パーティーはしばらく続いた。ニラ餃子、エビ餃子、翡翠《ひすい》餃子、千春も食べて気に入ったマトン入り、などなど。様々な臭い、様々な国の味が混じり合い、最後には甘い小豆餡《あずきあん》を包んだ包子《パオズ》が出てきて、温かなお茶で締めとなった。

その頃にはおなかいっぱいになっていた千春は、満腹のせいで脳を巡る血流が減ったのか、ぼんやりして、眠くなってきていた。小さなあくびを一つした時、ユウと目が合った。ユウも眠そうに伸びをしていた。

四月の夜も更けてきて、換気扇のごうんごうんという音が、微《かす》かに聞こえていた。

❄

パーティー翌日は、千春は自分の部屋でユウと映画を観て過ごした。

何しろ一緒に過ごしたユウもパーティーでは結構餃子を食べていたので、お互いに臭いは気にならなかった。くま弁には月に一度程度の不定休があって、今月は定休日の昨日にくっつけて、連休としていた。

すでに映画を一本観終わっていた。小さなダイニングテーブルを囲んで感想を言い合いながらしばらくのんびり過ごしていると、時計を見やったユウが言った。

「夜ごはん何食べますか？」

ユウの問い掛けに、千春はううんと唸《うな》って答えた。

「餃子以外かなあ……」

「あはは、昨日はすごかったですもんね」

「いや、もう食べたくないってわけじゃないです。またいつでも食べたいんですが、でもあれはあまりにすごい会だったので、あの質をもう一度……となると、昨日の今日では無理ですね……公森さんも喜んでくれててよかったですよね」

「千春さんと熊野がギョウジャニンニクだって気付いてくれたからですよ。それに、やっぱり公森様の身体の調子もよくなってたみたいで。ありがとうございます」

「いやあ、おなか空かした方が美味《おい》しいですからね……でも……」

「？」

千春は、照れて笑いながら言った。

「ほら、いつもユウさんおっしゃってるじゃないですか。弁当で人が救われるなんてことはなくて、人は自分で自分を救ってるみたいなこと……あれ、今回はわかった気がします。私たちも色々働きかけたけど、運動も、食事も、公森さんにやる気があったから続けられたんだなあって思うんです。ボランティアも始めてたし！　私、正直公森さんがそんな積極的になるとは思っていなくて、でも、公森さんはちゃんと自分で自分の生き方を見つけてて。すごいなって思ったんですよね」

「引退というのは、大きな変化だったと思いますから、それを乗り越えて、新しいことを始めるというのは、確かにとてもエネルギーが必要だと思いますし……大変なことでしょうね」

「そう。私も、そんなふうにできるかなあって」

ユウは不思議そうな顔をした。

「引退したら……という話ですか？」

「え？　あっ、いやあ、引退はまだまだ先だと思うんですけど、そうじゃなくて……」

千春は語る前に数呼吸置いて考えた。自分の中でもまだはっきり言葉にできていないことを話そうとしていた。

「東京で働いていた私が、辞令もらって北海道の札幌に来たわけですけど、それも私にとっては大きな変化で。その変化に、戸惑って、困って、だんだん慣れてきて、今は……楽しいこともいっぱい見つけられました。東京にいた頃のことを思い出してあれも違うこれも違うって考えることももうしなくなったし、生活にも、仕事にも慣れて、やりがいを見つけたところなんです。ユウさんとも会えて……でもやっぱり、別の変化がこれから、たぶんあるわけで」

札幌に来て二年半ほども経つ。おそらく次の秋にはまた辞令が出て、千春は東京の本社に帰ることになるはずだ。

千春がやっと慣れた仕事の内容も、住むところも、再び変わろうとしている。

「大きな変化があった時、私も公森さんみたいに新しい生き方を見つけられるかなって。私には、ユウさんにとっての料理みたいなもの、ないから……」

ユウには、料理という芯《しん》があると千春は感じていた。彼が料理をするのを見るのが好きなのは、単に美味しいものが食べられるからではなくて、ひたむきなその姿が素敵だと思うからだ。デート中でもついつい料理のことを考えてしまうのは、ちょっと気分転換が下手なんじゃないかと心配になるが、それでも彼が賢明に客のために考えていることがあるのなら、協力したいと思う——だから今回も、ユウを応援して、レシピ探しも手伝った。きっと彼なら、もしも仕事としての料理をやめる時が来ても、ずっと生活の中での料理を続けていくのだろうなと思えた。

ユウは千春の言葉に黙って聴き入っていた。それから彼自身も、言葉を選ぶようにしてぽつぽつと語った。

「僕は、千春さんと年を重ねていくのが楽しみですよ」

「え?」

「年を取ることで色々変わってしまうこともあるかもしれませんが、千春さんとなら、その変化を笑い飛ばして……受け流して……楽しんで、生きていけるような気がするんです。それは、たぶん、千春さん自身が持ってる強さで、魅力なんですよ」

「ええ？」

魅力、と言われて千春は顔が熱くなるのを覚えた。そんなものが、自分にあるのだろうか。千春は半信半疑でユウを見つめた。ユウは真剣な目で千春を見つめ返していた。

ユウにそういう目で見られると、本当に彼がそう考えているのは伝わってきた。

「変化を……」

千春は想像した。

二人で囲んでいるこのダイニングテーブルが、広いテーブルに変化したり……マグカップを抱える互いの手に皺《しわ》が刻まれたり？　住むところや、仕事が変わったり……どこか痛めたり、病気をしたり。避けようのない辛い変化もあるかもしれない。喜ばしい変化もあるかもしれない。

それらの変化を乗り越えて、なお希望を見いだすことができるというのだろうか。

だが、ユウにこんなふうに言われ、見つめられると、やれるような気がしてきてしまう。

「……ユウさんは口が上手《うま》いですね」

「そんなことないですよ」

ユウがにこりと微笑む。千春も微笑み返した。

自分の中に、ユウの言うような強さがあるかはわからなかったが、少なくとも、今はまだ見ぬ未来が以前より愛《いと》おしく感じられた。

・第三話・ ラワンブキの希望詰め

『根子田《ねこた》』の高く可愛らしい声がレシーバーから聞こえてきた。

『ええと、すみませんけれどもう一度お願いします……』

アニメの美少女キャラのような声質で、言葉遣いも少したどたどしい感じがした。緊張しているか、動転しているのだろう、と千春は解釈した。

かしこまりました、と答えて、千春は同じ内容を、よりゆっくり説明した。

「まず、仕訳伝票の――」

『ど、どこですか』

「先ほどソフトを立ち上げていただきましたが、その右上に――」

『えっ、閉じてしまったのでちょっと待ってください』

かしこまりました、と千春はまた極力落ち着いた声で答えた。

『根子田』への対応はそういうやりとりの繰り返しだった。千春は相手がソフトを立ち上げている間にキーボードを叩《たた》き、これまでの『根子田』への対応をチェックした。前回、前々回……これでコールは四度目、そのうちの二回はヘルプの要請が入って千春が対応している。比較的短期間に何度も利用していることになる。PCの操作・ソフトの操作に不慣れで時間を必要とするタイプのカスタマーだと記録にはある。

『根子田』は千春の会社の会計ソフトを導入しており、ソフトの使い方から会計業務の基礎知識までオペレーターがサポートする有償サポートを利用している。

千春は、普段はマニュアル作成や人員管理、データ分析などの業務が中心だが、時にはヘルプの要請が入ってコール対応をすることがある。今回もオペレーターから救援を求められたパターンだ。オペレーターが一通りマニュアル通りに接したものの問題解決に至らず、お手上げ状態になってしまったのだ。

マニュアル通りにしてうまくいかないのならいくつか原因は考えられるが、『根子田』のミスという可能性もありうる。操作するのはあくまでカスタマー側なので、どうしても毎回同じところで間違ってしまい、そこから抜け出せない人もいる。問題はその引っかかっているポイントがどこなのかであり、それをどう理解してもらうかだ。

『じゅ、準備できました』

千春は極力丁寧に、詳細に、説明を始めた。

だが、度重なる誤解と思い込みの末、『根子田』が問題を解決するまで四十分ほどの時間がかかった。

最近、いくつかミスが続いてしまっている。カスタマー対応でのミスだったり、書類作成上のミスだったり。普段の仕事ぶりが完璧《かんぺき》なわけではないが、自分でも少し集中力を欠いているのではないかと思っている。

「お疲れ様です！」

ロッカールームでのろのろと支度していたら、後輩の宇佐《うさ》が入ってきて、千春に元気よく声をかけてきた。

「ああ……お疲れ様……」

「うわっ、暗いですね」

「うーん、まあ、コール対応でちょっと……」

「あ、そういえばさっき『根子田』様のコール受けてましたね。大変でした？」

「え、『根子田』様知ってる？」

「知ってますよー、可愛い声の人ですよね」

宇佐は歯に衣着せずに言うところがあるので、このときも思ったことを躊躇《ちゅうちょ》なく口にしていた。

「あの人って天然であああなんですかね？　逆にわかってて嫌がらせしてきてるんじゃないかって思うことありますよ」

そういえば、『根子田』の何回目かのコールの時、ヘルプが入って宇佐がコールを取ったという記録を見た。

「わかってて、っていう発想はなかったなあ……でも、ああいう人もいるよ。私だって疲れてたり緊張してたりすると集中できなくなるし、なんかそういう感じになっちゃうんだよ、きっと」

結局、今回の問題は『根子田』がこちらの指示を誤解していたことに尽きる。

だが、だからといって『根子田』が悪いという話になるわけではないし、千春は相手に悪意があったとも考えていない。というか、実際のところ、もっと千春が早く『根子田』の勘違いに気付いていれば、四十分も時間をかける必要はなかったのだ。いや、気付くのは早かったが、『根子田』に理解してもらうのに時間がかかったというか。

「私がもっとちゃんと対応できていたら、きっともっと早く『根子田』様も問題解決できたよ」

「えっ!? いや、それはでも、しょうがないですよ」

宇佐はなんとかフォローしようとそう言ったが、千春は力なく微笑んだだけだった。

「ちょっと、いや、別に気にすることは……」

宇佐は千春の反応に驚いたのか、もごもごと言った末に、決まり悪そうに口を噤《つぐ》んだ。

だが、何を思ったのか、いきなり千春にコンビニの袋を突きつけてきた。

「なあに、これ」

「よかったらどうぞ」

千春は受け取り、中を覗《のぞ》いてみた。おにぎりが入っている。

「お昼に買いすぎちゃったんで」

「ありがとう……」

「元気、出してください。お先失礼します！」

宇佐はさっさとジャケットを羽織ってロッカールームを出て行った。

千春はおにぎりを手にしてベンチに座った。千春があんまり疲れていそうに見えたから、励まそうとしてくれたのだろうか。

宇佐がくれたのはお赤飯のおにぎりで、甘納豆入りだった。北海道では全国チェーンのコンビニでも普通に売られているもので、千春も何度か食べたことがある。千春は東京出身で赤飯といえば小豆《あずき》かささげだったから、初めて食べた時はびっくりして、不思議な食べ物だな……と思ったものだったが、何度か食べて、今は慣れてしまっていた。

包装材を剝《は》がして一口食べると、甘納豆の甘さをごま塩のしょっぱさが引き立てていた。

疲れている時は、この甘さと糯米《もちごめ》の食感が嬉《うれ》しい。

(そっか……東京に帰るってことは、こういう食べ物ともお別れなんだな……)

そう思うと、急に勿体《もったい》なくなって、少しずつ、ゆっくり食べた。

二年半前、東京から札幌への転勤が言い渡された時、期間は三年だと説明された。

ユウとのお付き合いがなければ、たぶん千春はなんの疑問も持たずに東京へ帰っていただろう。元々実家もそちらだし、この会社に就職した時だって札幌のカスタマーセンターは存在さえしていなかったから、ずっと東京で過ごすものだと思っていた。慣れ親しみつつあった札幌を恋しく思うことはあるだろうが、そういうものだと思っただろう。

だが、千春はユウとお付き合いしている。

最初はなんとなく遠距離恋愛になるのかなと思っていた。

新卒で入社し、色々あったとはいえ、今の職場では周りの人にも恵まれてうまくやっている。東京に戻った時にどういう立場になるのかはまだわからないから不安もあるが、たぶん顧客対応の業務になるんだろうな……という程度の想像はできる。

このまま、同じ会社で働くんだろうと思っていた。

だが、改めて自分の人生の選択について思案した時、これでいいのだろうかと考え込んでしまった。

たとえば、遠距離恋愛になるとして、いったい自分はいつまでその状態を続けるつもりなのだろう。

千春としては、ユウをくま弁から引き離したいとは思わない。

遅かれ早かれ、結局自分が札幌で仕事を探すことになるだろう。

ならば、それは今でもいいのではないか？

幸い札幌はカスタマーセンターが多い。今と同じ正社員となると求人はぐっと少なくなるが、転職活動をして、よいところを見つければ、ユウとも遠距離恋愛にならずに済む。

だが……だが、それでいいのだろうか？

ユウには料理という芯《しん》があると千春は感じていた。将平も、ユウに憧《あこが》れ、ひたむきな努力を重ねている。

では、自分は？

そんなことを悩んで仕事に身が入らない自分が、嫌だった。

なんとなく気になって、千春はスマートフォンを取り出してメッセージの通知を確認した。特にユウからの連絡はない。

今日はユウと話したかった。

だが、すでに時刻は十七時を過ぎている。

（もうお店開いてるなあ……）

千春は今日もくま弁に行くつもりではあったが、今から行くと店が混雑していて、挨《あい》拶《さつ》以上の話はできないだろう。かといって時間をずらすと寝るのも遅くなる。千春も明日は早番だから、そこまでの余裕はない。

なおもしばらくスマートフォンをいじったあと、千春はそれを鞄《かばん》の中にしまいこんで立ち上がった。


一週間以上も鬱々《うつうつ》と過ごした末に、ようやく千春はユウとのデートにこぎ着けた。

くま弁は定休日で、千春のシフトも休みだ。

久々にユウと面と向かって話す機会を得られたわけだが、千春は逡巡《しゅんじゅん》していた。

ユウに、二人の将来のことを相談したかった。

だが、ユウはおそらく店を辞めないだろうし、千春も辞めて欲しくはない。そうすると、結局千春に決断が委《ゆだ》ねられていることになる。千春の心が決まっていないのにユウに相談したとしても、ユウも困るのではないだろうか……？

千春はそんなことを考えながら、くま弁にたどり着いた。今まさに外出しようとしていた熊野と行き会う。

「こんにちは」

「やあ、小鹿さん。あれ、顔色悪い？　大丈夫かい？」

「大丈夫ですよ。ちょっとバタバタしてますけど……」

「最近、仕事忙しそうだったもんな。そういえば、この前初めて小鹿さんとこの会計ソフトのカスタマーサービス連絡したけど、わかりやすくてよかったよ」

「それはよかったです！」

「ああ、話し込んでちゃ悪いな、ユウ君呼ぶよ、待っててくれよ」

「あ、すみません。お出かけするところだったんじゃ……」

「いつものスーパー銭湯行こうとしてただけだよ。おーいユウ君、小鹿さん来てくれたよー」

熊野が玄関から声をかけると、ユウの、はいっという慌てたような声が返ってきた。

千春はそのやりとりに妙な懐かしさを覚えた……そうだ、これは、小学生の頃友達の家に遊びに行った時のやりとりだ……。

「じゃあね」

「ありがとうございます。お気を付けて」

熊野はいつも銭湯に行く時に持って行くナップサックを肩に引っかけ、上機嫌で出かけて行った。

それを見送った千春は、ふと、視線を感じて振り返った。いつからいたのか、マスクをした若者が歩道に突っ立って、千春にじっと視線を注いでいた。

二十代、千春とあまり変わらないか少し若いかくらいの男性で、やや痩《や》せ気味、千春ほどではないが小柄な方だった。ネルシャツにジーンズという格好で、ビニール袋を抱え、袋からは緑色の葉のようなものが突き出ている。

彼は、マスクの下で、もごもごと口を動かしたようだった。小さすぎてなんと言ったかわからないが、風邪を引いているようで、随分嗄《しわが》れた声だった。

「はい？」

千春は聞き返した——途端、彼はびくりと震えた。千春もその反応に驚いて、びくついてしまう。すると、そこへちょうど、玄関の扉を開けたユウが外へ出てきた。

「すみません、お待たせして——あ、タマキ様」

ユウは若者を見てそう声をかけた——『タマキ』は慌てた様子でユウに会釈した。タマキは何故か、千春をちらちら見ている。ぼそぼそ……という声にユウが耳を傾け、意味を理解したらしい。ユウは千春をタマキに紹介した。

「こちら小鹿さんです。当店のお客様です。小鹿さん、こちらタマキ様……最近よく来てくださるお客様で……」

突然、タマキは手に抱えていたビニール袋を千春に押しつけた。千春が驚く間に、タマキは軽く会釈すると、さっと身を翻して走るような早足で去って行った。

「え……？」

千春は呆然《ぼうぜん》として、渡されたビニール袋を見下ろした——緑色の植物がたくさん束になって入っている。これは……。

ユウが袋の中を覗き込んで呟《つぶや》いた。

「フキ……ですね」

それも普通のフキよりも太く、袋に入るように切られてはいるものの、随分と長いようだった。葉は茎と一緒に折りたたまれていたが、広げるとかなり大きそうだ。緑と土の臭いが漂う。

「ラワンブキかな？」

ユウが太い茎を見て言った。

「すごく大きくなるんですよ。他の地域ではこんなに大きくはならないとか……ほら」

ユウが一本を取り出すと、葉を広げて見せた。確かにものすごく大きい。傘になりそうなくらいだ。茎も太く、幼児の手首くらいありそうだ。

「そうですね、時間合わないんじゃないかな、お会いしたのは初めてで……あ、でもそういえば、顔を見たことはあるかな？」

「タマキさん、早い時間のこと多いですから。あの時間帯はお客様が多いので、顔を合わせてもあまり印象に残っていなかったのかもしれませんね。ここ二、三ヶ月くらい、よく来てくださるんですよ」

千春はしばらくフキを見つめ、その青臭い臭いを嗅《か》いで、困惑した顔をユウに向けた。

「これ、もらっていいんですかね……？」

「……たぶん、いいんじゃないでしょうか。うちでお預かりしましょうか？」

「あ、そうですね、それがいいかな……」

千春はユウにビニール袋を渡した。ユウも困惑した様子だった。

「あの、さっきのタマキさんって、どういう人なんですか？」

「え……普通の方ですよ。今日はちょっと、どうしたんでしょうね？」

ユウは袋を抱えて店に入り、千春も後に続いた。

その後、ユウがフキの下処理をしていると、玄関のチャイムが鳴り、またタマキが現れた。タマキは部屋に上がってもらおうとするユウの申し出を断り、玄関で小声でぼそぼそと喋《しゃべ》り、ユウがそれに耳を傾けた。長々と話したわけではないが、時折ごほごほと咳《せ》き込んで、苦しそうに見えた。

「ああ、なるほど、かしこまりました」

声が聞き取れなかった千春に、ユウがタマキの言葉を伝えてくれた。

「フキはご親戚《しんせき》がくれたそうなんですが、調理法がわからず困っていたので、よかったらもらって欲しいとのことです」

「そうだったんですか……でもどうして私に……？」

タマキは問われて小声で答えた。千春は耳を澄ませた。

「驚いて……すみません……」

驚いて？　何に？　千春の訝《いぶか》しげな表情に気付いてか、タマキは申し訳なさそうな顔をした。

「あの、妹がいるのですが、似てまして……驚いて、それで」

「妹様と……そうでしたか」

タマキの声は潰《つぶ》れたように嗄れて、やはり聞き取りにくく、最初は聞き間違えたのではないかと思ったが、どうやらそうではないらしい——妹に似ていて、驚いて、思わずフキを渡してしまった、と。よくわからないが、そういうこともあるのだろうか？

「フキは今から調理するところなんです。少し時間かかりますが、タマキ様も食べて行かれますか？」

タマキはぶんぶんと首を振り、お休みの日に申し訳ない、また明日にでも来る……というようなことを低く細い声で語って断った。

そして、そそくさと店を出て行った。

二人でタマキを見送ると、ユウは申し訳なさそうな顔を千春に向けた。

「……あの、先にフキを調理してもいいですか？　湯がいておきたくて……」

「あっ、いいですよ、全然！」

今日は特にこれといって予定があったわけではない。あえて言うと市場で食材を買ってユウが作った新作料理を試食する……くらいだったので、正直予定とあまり変わらない。

「フキって普段あんまり食べないんですよね。お弁当に入っているのをちょっと食べるくらいで……」

「今日は色々作ってみましょうか。筋取り手伝ってくれます？」

「勿論《もちろん》。あ、エプロン貸してください」

ユウにエプロンを借りて、髪をまとめて調理場に立つと、将平が来た時のことを思い出してなんだか照れくさくなり、笑ってしまった。

「どうしました？」

「なんでもないですよ」

不思議そうなユウに千春はそう答え、丁寧に手を洗った。

ユウが調理してくれたフキは、柔らかくて肉厚だった。千春は見た目の大きさから勝手に大味なのかと思ってしまっていたが、そんなことはなく、香りが豊かで、筋っぽさもなかった。

細く切ってきんぴらにしたり、さつま揚げやちくわと煮物にしたりした。そのままごはんのおかずとしても美味しいが、酒のつまみとしても申し分ない。まだ夜は少し肌寒かったので、燗《かん》を付けた日本酒を嘗《な》めながら、ユウの作ってくれた料理をつついた。フキ料理の他には、こんにゃくの田楽三種盛り、玉子焼き等々……。

自分を地味めの人間だと認識している千春は、そういった地味めの料理をつついていると、なんとなく親近感が湧いてきて嬉《うれ》しくなる。ちょっと脇役系のお料理だって、こんなにも美味しいのだから、自分だって頑張ろうと励みになるのだ。

そして——結局、その日も千春はユウに自分の悩みを語れないまま過ごしてしまった。

❄

小柄で、髪は肩の上で切りそろえている。花柄のワンピースは裾《すそ》がひらひら躍るようだ。春の妖精《ようせい》のような愛くるしい風貌《ふうぼう》で、千春はなんとなく目を引かれた。

そういえば、千春も小柄で、髪型も似ていたが、服装はもっとずっと地味で、ライトグレーのジャケットとスカートに黒いパンプスだった。これはこれで落ち着くし仕事帰りだからこんなものだろうと思うが、ブラウスくらいもう少し綺麗《きれい》な色味のものにしても良かっただろうか……？

「チキンカツカレー弁当二折、お待たせいたしました」

バイトの桂がその女性客に弁当を手渡している。女性はにこりと微笑んで、どうも、と小さく答えたようだった。鈴の鳴るような、可愛らしい声だ。

今日のチキンカツはチーズ入りと書いてあって、千春も注文した回鍋肉《ホイコーロー》弁当と迷ったのだ。ざくっと揚がった衣と、分厚いチキンカツ、溶け出るチーズに、カレーが絡む……いや、やっぱりこっちにすべきだったかなと千春は軽く後悔し、いやいや、しかし回鍋肉弁当だって……と胸中でフォローした。回鍋肉弁当だって春キャベツが瑞々《みずみず》しく柔らかそうだったし、豆板醬《トウバンジャン》と甜麵醬《テンメンジャン》で甘辛く味付けされた豚バラ肉と一緒なら幾らでも食べられる美味しさだろう……そう、どちらかというと回鍋肉の方が野菜が摂《と》れそうだし、今日はこっちにしようという自分の選択は間違っていないのだ。

（……ん？）

なんとなく、千春はもう一度、先ほどの女性客の様子を見た。もう彼女は会計を済ませて店を出て行くところだったが、ちょうど熊野が店に出てきたところで、マサコさん、と声をかけられていた。

彼女は振り返って、熊野に微笑みかけた。

「あ、熊さん」

少し舌足らずな、高くて澄んだ声だった。

（ん？）

可愛らしい声だ——そう、まるでアニメの美少女キャラクターが喋っているような。

（…………ん？）

今の声を聞いた覚えがある。

だが、いや、まさか、とすぐに否定した。似ているだけで、きっと別人だ。こんなふうに思うなんて、自分は疲れているのかなと思った。いやいや、まさか……。

だが、考えれば考えるほど、マサコの声は千春の記憶している声によく似ていた。特徴的な、あの……。

（『根子田』様の声に似てる……）

熊野と二三語交わすと、マサコは店を出て行った。

その声が、いつまでも耳に残る。

「小鹿さん？」

呼ばれて、千春は、ひゃいっ、と裏返った声で答えた。熊野もびっくりしていた。

「何、どうしたの」

「あっ、いいえ、なんでもないです……あの、さっきの人……マサコさんって……」

「知り合い？　そういえば、タマキさんに会ったんだっけ。小鹿さんがフキもらったって聞いたよ」

「え？」

話が繋《つな》がらずきょとんとしていると、熊野が不思議そうな顔で答えた。

「マサコさんはタマキさんの妹さんだよ。知らなかった？」

「え……あっ、ああ、そうなんですか！」

千春は彼女の容姿を思い返した……タマキもマスクをしていたし、マサコも化粧をしていたからすぐにはわからなかったが、ちょっと垂れた目元の優しい感じが似ていたかもしれない。

ふと、千春はタマキの言葉を思い出して首を捻《ひね》った。

「……タマキさんに私と妹さんが似てるって言われたんですけど、そんなに似てますかね？」

「そうだね……背の高さとか、髪型とか？」

熊野は少し考えてからそう言った。

確かにその二点は似通っているが、服の趣味も、顔立ちも、マサコはもっと華やかに見えた。年だって向こうがいくつか若い。

「………」

まあしかし、それより問題は、マサコの声だ。

(でも、似てるだけ……かな……？)

千春は内心首を捻りながらも、回鍋肉弁当の会計を済ませて店を出た。

数日後、千春は再びマサコを見かけた。くま弁の前で、スマートフォンを手に誰かと通話しているようだった。通行する人や、店の客の邪魔にならないよう、本日のオススメ弁当が記された黒板の陰になる位置に立っている。

「さっ、サキちゃんはそんなこと言わないと思うよ？」

マサコの声は上擦っていた。というか、さらに高い。電話をかける時は声が高くなるタイプなのだろう。

通話内容を盗み聞きするつもりはなかったが、千春は彼女の声が気になってついつい聞き耳を立ててしまっていた。心持ちゆっくり、自動ドアに近づく。

「そう……うん、そう、そうなのよ……！」

何やら通話は盛り上がっているところらしく、興奮したマサコは身をよじり、黒板にぶつかった。それが今まさに店に入ろうとしていた千春に向かって倒れてきた。

「あっ⁉　ご、ごめんなさい！」

どもりながらもマサコは謝ってきた。千春としては自分が通話に聞き耳を立てていた……という引け目もあって、気にしないで欲しいと言って、一緒に黒板を直した。

「で、でも、あの、大丈夫ですか」

マサコの声は動揺のあまりかわいそうなくらい震えていた。

それは、レシーバーから聞こえてくる『根子田』の声の震えに、やはり似ていた。

「いえ、大丈夫です。携帯落としてしまってますけど大丈夫ですか？」

千春は内心の動揺を隠しながらも、彼女が落としたスマートフォンを拾い上げ、マサコに渡した。

マサコは何度も礼と詫《わ》びを繰り返していた。

「大丈夫ですか？」

店から出てきた人に声をかけられて、千春は、はい、と答えて振り向いた。そこにいたのは、相変わらずマスクをしたタマキだった。

乾燥の乾でイヌイと読むのだと、マサコは名乗った。

「本当にすみません、私、なんていうか、ああいう……ドジといいますか、他人様《ひとさま》にご迷惑おかけするような失敗ばっかりで」

「いえ、私は大丈夫ですから……」

話してみると、マサコは少々迂闊《うかつ》そうなところはあるものの、控えめで、人の良さそうな印象の女性だった。話すと余計に『根子田』を思い出してしまうが、乾《いぬい》マサコというのが彼女の本名なら、『根子田』とは無関係の人間だろう。

千春は内心でほっとしながらも、弁当を待つ間、マサコと少し世間話をした。

考えてみれば簡単な話で、千春は『根子田』の下の名前を今正確には思い出せないが、少なくともマサコではない。昌子、政子、正子……うん、記録は取ってあるから確認すればわかるが、そんな名前ではなかったのだ。

マサコは先に注文を終え、弁当ができあがるのを外で待っているところだったらしく、まもなく注文の弁当ができたと知らされた。彼女は前回とおなじく二折買って、また千春に何度も頭を下げ、店を出て行った。

千春は注文した弁当ができあがるのを待ちながら、思わず安堵《あんど》から呟《つぶや》いた。

「そうかあ、乾マサコさんかあ……」

「……どうしました？」

独り言のつもりだったが、同じく弁当を待っていたタマキから声をかけられた。タマキは妹と千春が話すのを時々気にするそぶりも見せたが、店を出るマサコに、気を付けて帰れよ、と一言言っただけで、会話に入っては来なかった。声は以前よりはよくなっているようだが、時折咳払《せきばら》いしていたから、まだ本調子ではなさそうだった。

千春は照れ笑いを浮かべて答えた。

「いや、実は、マサコさんの声とすごく似た声を、仕事で耳にしたことがあった気がして。でも、お名前違ってたんで、やっぱり別人だったみたいですねえ」

「……小鹿さんは、どのようなお仕事を……？」

「ああ、カスタマーセンターですよ」

「それは……」

「はい？」

「いえ、大変ですね。……あの！」

何故か、急にタマキが勢い込んで尋ねてきた。

「い……嫌な客とかいますよね、やっぱり」

千春が知る限りタマキはぼそぼそと小声で話すから、そんなしっかりした声が出たのかと千春は少なからず驚いた。

「え？　ああ、私は普段はそんなに電話対応はしていなくて……」

「……が……頑張ってください、変な人もいるでしょうけど……」

「あ、はい、ありがとうございます……」

初対面でフキを渡されたのが印象的過ぎて変なイメージを持っていたが、千春を励まそうとしてくれているのは伝わってきた。

なおもタマキは何か千春に伝えようとしていたが、咳《せ》き込んでしまって声が出なかった。千春は心配し、声をかけた。

「大丈夫ですか？　無理なさらないでくださいね」

「すみませ……」

言いかけ、またタマキは咳き込んでしまう。

「すみません、喉《のど》痛い時に話しかけてしまって……あの、聞いてくださるだけでいいんですが、先日のラワンブキ、ありがとうございました」

タマキは喋《しゃべ》ることを諦《あきら》めて、ただ黙って頷《うなず》いた。

「ラワンブキ、すごく大きいんですね。私道外出身なんで、全然知らなくて、びっくりしました」

タマキが興味深そうな表情をちらりと見せた。千春は説明を付け加えた。

「私東京の会社で働いていたんですけど、こっちには転勤で……最初のうちは大変でしたけど、今は随分慣れたんですよ」

タマキは喋ることは避けていたが、こくこくと相槌《あいづち》を打ってくれた。

「いただいたラワンブキはユウさんに調理してもらって煮物とかきんぴらとかにして食べたんです。美味《おい》しかったです、ごちそうさまでした」

ごほ、とタマキは咳払いをしてから、嗄《しわが》れ声で言った。

「肉詰めも……良いですよ」

「肉詰め？」

フキの肉詰めなんて聞いたことがない。そこではっと、千春は気付いた。千春が知る普通のフキではなく、あの太いラワンブキの話だ。ピーマンくらいの太さがあるから、確かに肉詰めにしたら美味しそうだ。

「面白いですね、それリクエストし損ねました……」

「祖母の得意料理で……」

タマキはそこまで言うと口を噤《つぐ》んだ。何か言いたげだった。言おうと口を開き、また思い直したように口を閉じる、というのを繰り返し、ちらちらと千春を見ていた。

そして、ついに決意したように顔を上げた。

「……あの、実は、お話が」

嗄れた、小さな声だった。

だが、彼がそう言った直後、バイトの桂がタマキを呼んだ。弁当が出来たのだ。

弁当を購入したタマキは、やはり何か言おうとしていたが、結局思い直したのか、また口を閉じて、店を出て行った。

タマキを見送った千春は、ふと、視線に気付いてカウンターの方を見やる。ユウがこちらを見ていて目が合った。

「……千春さんのおっしゃりたいことはわかりますよ」

ユウは、ふふっと微笑んで言った。

「肉詰めなら、お作りできますよ。今度ラワンブキが入ったら、お声おかけしますね」

「……ユウさん私のこと八割食欲で出来ているって思ってませんか？」

「え、今の話の流れなら、絶対頼まれると思ったんですが……」

「それは……まあ……」

確かに千春も頼もうと思っていたが、それだけではない。

「それと関連した話なんですが……お願いがありまして」

「なんでしょう？」

千春の頼みを、ユウは二つ返事で引き受けてくれた。

「お、小鹿さん」

ちょうどそのとき、熊野が外から入ってきた。いつものスーパー銭湯の帰りだろうか。

「どうも、熊野さん」

ユウは熊野の姿を見て、あ、と声を上げた。

「乾様ならもう帰られましたよ」

ん？

何かあったのかと千春は熊野を見る。熊野は、しまった、という顔で額を叩《たた》いた。

「あ〜、遅かったか。返すもんあったんだよなあ……」

「すみません、僕もすっかり忘れてました」

「いや、いいよ、返すのはまだ俺の部屋にあるから、ユウ君じゃわからないだろ。俺が遅かったんだ、ユウ君のせいじゃないよ、次来てくれた時に返すから」

熊野はそう言って禿頭《とくとう》を掻《か》いた。千春はちょっと気になって尋ねた。

「乾マサコさん……ですか？」

「ん？　そうそう、マサコさん。乾って、でもまだ慣れねえな」

「？　慣れない？」

熊野は明るく言った。

「結婚したんだよ、だから乾になったけど、その前はネコタだから」

「…………」

ネコタ。

根子田――？

千春は頭をハンマーで殴られたような衝撃を受けて、しばらく声も出せなかった。

根子田、マサコ。

では、彼女が、あの『根子田』なのか？

いろいろなことが頭を巡った。結婚、そうだ、マサコは前回も今回も弁当を二折買っていた。きっと結婚相手と二人で食べているのだ。それに、そう、タマキの態度もだ。彼は何か知っていそうだった――知っていて、話そうとしていたのだと思う。

千春は唾《つば》を飲み込み喉を湿らせて、熊野に尋ねた。

「あの、すみません、マサコさんって、どういうお仕事してらっしゃるんですか？」

「え、どういうって、会社員だよ。経理って言ってたかな」

「経理」

千春は繰り返した。経理……『根子田』も会社で経理を担当している。電話をかけてくるようになったのはここ数ヶ月のことだから、もしマサコが『根子田』なら、最近になって新しくそこに採用か配属されているはずだ。

「そ……それは、最近就職か転職されたんです……よね？」

「ん？　いや、もう何年も勤めてるみたいな話したことあったな」

「……そうなんですか……」

千春は拍子抜けした。てっきりマサコがカスタマーの『根子田』かと思ったのだが、違うのだろうか。『根子田』のコール内容からして、経理を何年もやっているようには思えなかったのだが。

考え込む千春の頭に、ふと、宇佐の言葉がよみがえった。

逆にわかっていて嫌がらせしてるんじゃないか――宇佐はそんなことを言っていた。

わかっていて――経理の仕事の経験があった上で、あれを演じていた？

千春はその可能性に思い至ってしまった。

❄

『根子田』から五度目のコールが入ったのは、前回のコールから二週間経った五月の後半のことだった。

今回『根子田』からのコールを取ったのは今日が研修を終えて三日目の新人オペレーターだった。詰まったオペレーターを見た指導役が代わるよう指示し、前回と同じように千春にコールが回ってきた。

待たせたことを詫《わ》び、オペレーターの交替と千春の名前を告げ、『根子田』の問い合わせ内容を復唱し、確認。実際のソフトを見ながら説明。

今回は順調に進んだが、千春はできるだけ感情を排して対応していた。気を抜くとすぐに宇佐の言葉を思い出した。実はわかっているんじゃないのか、実は経理実務に慣れた人間なんじゃないのか。その疑問が頭につきまとう——とはいえ、『根子田』の下の名前はマサコではない。別人だ、いや、本当に？ 通り名を名乗る人だっている。彼女だってそうかもしれない。いやいや、声が似ているだけで、他人に違いない……。

いろいろな考えが頭に浮かんでは消えて、際限がなかった。

千春は問い合わせ内容に集中しようとした。今回は消費税の軽減税率に関しての問い合わせだった。消費税増税と軽減税率の導入を前に、問い合わせが多くなっている内容だったから、千春の回答も明瞭《めいりょう》だった。

順調だった。

順調すぎた。

これまでの『根子田』ならば、もっと慌て、動揺し、たどたどしい口調で質問を繰り返す。それがない。『根子田』は随分と集中し、努力しているようだった。実は全部わかっててやっているんじゃないのか——そんな疑問が、また千春の中で頭をもたげた。

「あのう」

不意に『根子田』から声をかけられて、千春はどきりとした。

「はい、なんでしょうか？」

おずおずと、『根子田』は言った。

『いつも、ありがとうございます』

別に、まだ問題が解決したわけでもないのに礼を言われて、千春は面食らった。

返事ができずにいるうちに、『根子田』はさらに続けた。

『これからも頑張ってください』

「⁉　はい、ありがとうございます……」

動転した千春はそう言うのがやっとだった。

『根子田』はいつもの、少しおどおどした感じの口調で語った。必死な様子に聞こえた。

『いつも、あの、すみません。ご迷惑おかけしてしまって』

「⁉　いえ、とんでもないです。迷惑なんてことは決してありません……『根子田』様？」

『私……私、申し訳ないことをしていて。あなたに、申し訳ないことを……』

正直、千春は緊張して相手の言葉を待った。なんと言われるのかわからなかった。自分は実は本名は乾マサコといって、何も知らないふりをしてあなたをからかっていたのです、そんなふうに言われるのか、いや、まさか……。

（落ち着け）

千春は自分に言い聞かせた。そうだ、もし、電話の相手が乾マサコで、実は経理の実務経験があり、これまでの数回の電話がこちらへのただの嫌がらせだとしても、別に何も問題はない。時間を取られて無駄だったとか、そんなふうに思うことはない。これはただの業務だ。仕事だ……。

『私は……私は、いつも、ご迷惑おかけして……！　もっ、物覚えも悪いし、すぐ勘違いして、勝手に思い込んで……』

『根子田』の発言に、千春は気が抜けた。

なんだ、そんなことか。それなら気にすることはないと伝えようとしたが、その前に『根子田』が続けて言った。

『本当に助かってるんです。私も慣れない仕事なもので……でも、小鹿さんだって慣れない土地で大変なのに、本当によく――』

突然、千春の頭の中で、警告音が盛大に鳴り響いた。

（え？）

今の『根子田』の言葉――。

慣れない土地で。千春の頭の中にその言葉が繰り返された。

当たり前だが、コール対応中に千春がそんな話をしたことはない。道外から来たとか、慣れない土地で最初は戸惑ったとかいう話は、一切していない。

ならば、『根子田』は何故千春の個人情報を知っていたのだ？

千春は眼球だけ動かして、モニタに表示されている、今電話しているカスタマーの名前を確認した。『根子田』……『根子田真紀《まき》』。そうだ、マサコではない。

マサコではないが――。

「根子田、真紀様……」

千春が思わずそう呟《つぶや》くと、電話は、あっという叫び声とともに、突然切れた。

千春は呆然《ぼうぜん》として、数秒、『根子田』の名前を見つめていた。

ネコタマキ。

タマキ――。

千春の頭に、少し気弱そうな、タマキの目が思い浮かんだ。


千春はタマキを探した。

マサコに会えたら彼女に連絡を取ってもらおうかとも考えたが、マサコは実はくま弁には一ヶ月に数度来るかどうかという頻度のため、なかなか会えなかった。

それでも、千春は来店するたびに、タマキが来ていないか、ユウや熊野に尋ねた。タマキは来店していなかった。元々千春とは少し来店時間が違うが、タマキは週に何度も来店していたらしいから、これだけ来ないのは珍しいねと熊野も言っていた。連絡先はユウも熊野も知らなかった。

そして、『根子田』から五回目の電話があって、一週間が経った。

その日千春は残業と遅番が重なりかなり遅めの時間帯にくま弁に立ち寄った。

「千春さん」

来店した千春の顔を見たユウが、驚いた様子で話しかけてきた。

「今日はお疲れの様子ですね」

「いや、大丈夫ですよ。ちょっと会議長引いて……あっ、しまった、お弁当もうほとんどないですね……」

時間が時間だったから、メニューには売り切れシールが大量についていた。

「千春さん」

やけに真剣な声で呼ばれて、千春は顔を上げた。ユウが、気遣うような目で千春を見ていた。

「お疲れなら、僕の方からお断りしますが……今、タマキ様が休憩室で千春さんをお待ちです」

「あ……」

そういうことか。

あちらから来るとは思っていなかったが、話ができるのはありがたい。

千春は表情を引き締めて、頷《うなず》いた。

「大丈夫です。ありがとうございます」

「何か、あったんですか？」

「ええと……仕事のことで」

タマキももしかしたら知られたくないかもしれないと考え、千春はユウには詳細を伝えていなかった。

「でも、ユウさんが心配するようなことはないんです」

「……困ったことがあったら、声をかけてくださいね」

そう言ってもらえると心強かった。千春はユウに笑顔を見せて、バックヤードへ通じる扉を開けた。


タマキは、千春が休憩室に入ると、座布団の上から腰を上げようとした。

「そのままでいいです、私も座ります」

千春はそう言って自分も座布団を持ってきて膝《ひざ》を折った。

タマキは風邪が治ったのか、今日はマスクをしていない。マスクの下の素顔はやはり妹のマサコと似ていて、卵形のやや女性的な風貌《ふうぼう》だった。かなり遅めの時間ではあったが、仕事帰りにそのまま立ち寄ったのか、スーツ姿だった。

「すみません……」

風邪が治ったらしいタマキはもう嗄《しわが》れ声ではなかった。綺麗《きれい》な、高音の声だった。

『根子田』の声だった。

「僕が、悪いんです」

タマキは深く頭を下げた。

「本当に申し訳ありません、黙っていて……タマキはあだ名なんです。本名が女っぽい名前なので、それが好きじゃないと言ったら、常連さんがタマキ君って呼んでくれまして。妹が当時は結婚前で、名字も同じで、区別するために名前呼びをしてくれたんです。だから、僕が、根子田真紀です」

ついにタマキはそう告白した。

「僕、声、昔から高くて、声だけだとよく女性と間違えられるんです」

「すみません……実は、私も、妹さんが『根子田』様なのかと疑ったりしてました」

「そうですよね、僕ら、声も結構似ているので……」

ちゃんと聞くと、どちらかというとマサコの方が声が高いが、やはりタマキもかなり女性的な声だ。

「あの、初めて小鹿さんにお会いして、小鹿さんのお名前とお仕事のこと、熊野さんが話しているのを聞いた時は、びっくりしてしまって、僕も動転して……まさかあの小鹿さんか、でもただの同姓の人かもしれないとか色々考えた結果、思わずフキを渡して逃げてしまったんです。その後騙《だま》すようになってしまったのは申し訳なかったんですが、僕も……言い出しにくくて……あっ、本当に、最初の出会いは偶然です。ストーカーとかではないです、本当に……」

「だ、大丈夫ですよ、そういうことは思っていないです……」

タマキはがっくりとうなだれてしまった。

「僕、店に来づらくなりそうで嫌だなって思ったんです。このままなんとかばれずにいられないかなって、そればかりで……」

「でも、そんな、店に来て顔を合わせるくらい、私は気にしませんが……」

確かに気まずいと言えば気まずいが、千春としては来にくくなるというほどのことではない。まあ、千春の場合、大抵の障害は乗り越えて来店するだろうが。

「僕は……嫌だったんです」

千春は瞬《まばた》きした。そんなに自分と顔を合わせるのが嫌だったのだろうか……と思ったのだ。コールを受けた時もそんなに変な対応をした覚えはないのだが……。

千春の様子に気付いて、タマキは慌ててフォローした。

「あ、違うんです、小鹿さんが嫌なのではなくて……自分の仕事の出来なさを思い出して……嫌になってしまうんです」

タマキは申し訳なさそうに肩を落とし、小さくなって語った。

「僕は、声もこんなですし、背もあまり高くなく、名前も真紀で……昔はよくからかわれました。今はほとんど身内だけでやっているような小さい会社の事務をしているんですが、前職は畑違いもいいところで、親のコネで採用してもらいました。何しろ小さい会社なので事務と言ってもなんでもやるんですけど、全然、仕事もわかんなくて。それで、随分と小鹿さんのところのサービスに助けてもらったんです……」

タマキは顔を歪《ゆが》めた。苦笑しているようにも、泣きそうにも見えた。

「僕はそういう自分が嫌でした。助けてもらってばかりで、女声で、情けない」

そんなことない――と千春は言いたかったが、タマキのコンプレックスがそんな一言でどうこうなるとも思えなかった。

「ここでは、僕は『タマキ』です。常連さんが付けてくれたあだ名ですけど、ちょっと名字っぽくて、僕は好きなんです。タマキとしてここにいる時は、僕は嫌なことを忘れて、ただお弁当を楽しんだり、熊野さんとちょっと世間話したりすることができました。それが、本当に、ちょっとしたそういうことが、嬉《うれ》しかったんです。だから……すみません、小鹿さんと初めてお会いして、突然、我に返ってしまったというか。冷や水を浴びせられたみたいに……現実を思い出してしまって。だから、それを忘れたくて、小鹿さんにも気付かれたくなくて、なんとかごまかせないかと……思ったんですけど……でも、声はすぐ治ってしまって」

「あ、声……そういえば、風邪で喉《のど》を痛めていたんですよね？」

「はい、最初は……でも、本当はもっと前によくなっていて、お店ではなんとか低い声を作ってごまかしていたんです。むしろ、そのせいで、喉が痛かったです……」

「そうだったんですか……」

そこまで千春に気付かれたくなかったということか。

「こうまでしてごまかして……余計情けないです」

タマキは小さな声で呟《つぶや》き、俯《うつむ》いた。

その姿があまりに小さく、悲しげで、千春は声をかけずにはいられなかった。

「それだけ、くま弁が大切だったたっていうことですよね？」

タマキは答えないが、千春は話し続けた。

「わかりますよ、いや、そんなふうに断言してしまったら、タマキさんに失礼かもしれないですけど。私も、ここが大事だから、わかります……特別だから、現実に引き戻されたくないっていうの、わかります……」

避難所であるくま弁が現実に侵食されるようで、タマキは耐えられなかったのだろう。

「自分が……嫌になるのも」

千春の声は、囁《ささや》くような小さなものになった。

ユウや将平のように、自分の道を見つけ出したいのに、ユウとの遠恋を避けて北海道で就職先を探すにしても、このまま会社で仕事を続けるにしても、結局それは状況に流されて、消去法で選んだのではないかという気がしてしまう。

自分の望みは、意思は、どこにあるのだろう。

「小鹿さんが、そんなこと思うんですか？」

心底驚いた、という声で、タマキが言った。

「え？」

「だって、小鹿さんは、あんなふうにお仕事できるじゃないですか。それでも、嫌になってしまうんですか？」

千春は、きょとんとした表情をしてしまった。

タマキは必死な様子で、言葉を尽くして説明した。

「自分のことを話しすぎて、趣旨から逸《そ》れちゃったんですけど、僕はそもそも、小鹿さんにお礼を言うためにお待ちしてたんです。いや、勿論《もちろん》、説明して、黙っていたことを謝るのも目的ですけど。あの……小鹿さんは、すごく、本当に、ものすごく僕を助けてくれたんです。僕も本とか読んだり、勉強したりして、なんとか今の状況を変えたいと思っていたんですけど、もう、わからないことだらけでうまくいかなくて。でも、小鹿さんが色々教えてくれたから、ようやく勉強が身についてきたというか」

「あ……ああ、そういえば、最後にお電話くださった時は、それまでより飲み込みが早かったような……いや、こういう言い方してすみません……」

「わかりますよ、僕すごく飲み込み悪かったですよね……でも、本当にようやく、本を読んで意味がわかるっていうところまでこぎ着けたというか。あと、やっぱり勘違いと思い込みが多いと思ったので、そこは本当に気を付けるようにしました……」

「そうでしたか……」

そうか、今までと比べて随分順調だったから、騙されているんじゃないかと緊張してしまったが、ただタマキが努力し、その結果が少しずつ出始めていただけだったのか。

「……頑張って勉強されているんですね……」

「そりゃそうです……でも、小鹿さんだって、僕をここまで助けてくれたんですから、すごく力を尽くしてくださったと思うんです」

「でも……」

言うまいか迷ったが、千春は正直に告げることにした。

「実は私、もうすぐ異動になると思うんです。それか、辞めるか……」

「え……」

「いえ、辞めるにしても理由は個人的なことなんですけど。それに、私は現場に出ることは少なくて……転勤で業務内容が変わったので、今はマニュアル作ったりとかで……」

タマキさんのコールに対応したのは特殊な状況なんです」

「……ま、マニュアル作ったんですか？」

「はい……」

「すごいですね！」

タマキは心底そう言っているとわかる、きらきら輝く目で千春を見つめて言った。

「そうか、小鹿さんが作ってたんですね」

「い、いえ、私が作ったのは一部ですけど」

「いや、とにかく、色々申し訳ありませんでした。転職されても、頑張ってください。僕みたいに、小鹿さんに助けられる人間が、きっといると思います。同じ職種でも、違う職種でも……」

千春はしばらく呆気《あっけ》にとられてタマキを見つめ、それから、慎重に尋ねた。

「どうして、そうおっしゃるんですか？　違う職種でもなんて、そんな……」

千春には、タマキが大げさに言っているようにも感じられた。

「小鹿さんは、いつも、僕の目線に立ってくれたんです」

タマキはそう言って、懸命に説明した。

「僕は何しろ、経理に詳しくなくて……わからないことが多くて、わからないことをどう説明すればいいのかわからないくらいで。それを、小鹿さんは一つ一つ解きほぐして、答えてくれたんです。色々知ってる人間が、何も知らない人間に物を教えるのって、難しいことだと思いますが、小鹿さんは、ちゃんとこちらの目線に立って考えてくれるんです。だから、きっと、他の業種に転職されるとしても、小鹿さんに助けられる人間がいると思います」

タマキはちゃぶ台に身を乗り出すようにして、千春に訴えた。

「小鹿さんは、自分が嫌になるっておっしゃいますけど……僕は、小鹿さんのような人間になって、人の役に立ちたいです」

千春は呆然《ぼうぜん》とした。

ユウや将平と自分は違うのだという思いが、常に心にあった。

自分の道を見つけていない、自分は半端な選択を重ねてきたのではないか——そういう不安がずっとあった。

でも、こんなふうに言ってくれる人がいるのだ。

気付いた時には目頭が熱くなって、視界が歪んでいた。

「私……そんな、人間じゃ……」

喋《しゃべ》る唇が震える。

「!? いや、本当に、僕は心からそう言ってるんです……」

タマキも動揺していた。千春が泣きそうになっていることに気付いたのだろう。千春はタマキの言葉を噛《か》み締めた。これまでカスタマーから礼を言われることはあっても、ここまでの言葉を言われたことはなかった。それだけ、タマキは千春の仕事に満足し、認めてくれたのだ。

「……ありがとうございます……」

千春は声を振り絞って礼を言った。声が震え、喉が震え、堪《こら》えていた涙が零《こぼ》れた。顔を見せられず俯いたが、タマキは泣いたことがわかったのか、ひどく動転して、中腰になってユウを呼ぼうとしていた。

「ゆっ、ユウさんっ、あのっ」

「だ、大丈夫ですよ、大丈夫、タマキさん」

なんとか涙を拭《ぬぐ》って、千春は顔を上げた。

すると狼狽《うろた》えるタマキの顔がなんだか面白くて、笑ってしまった。

「そんな驚かなくても」

「いや……そう……ですかね……?」

千春は笑いながらハンカチで綺麗《きれい》に目元を拭い、微笑んだ。

「タマキさん、これからも、くま弁いらっしゃいますよね?」

「えっ？」

「ほら、私に遠慮したり、気まずいからって来なくなったり、しませんよね？」

「あ……」

どうもそのつもりだったらしいタマキは視線を逸らした。

推察していたことではあったが、それは千春には悲しい選択だった。

「タマキさんが『根子田』様だったのはびっくりしましたけど、私はここでタマキさんに会うの嫌じゃないですよ。もし、タマキさんが私にここで会うの嫌でなければ、これからもお互い今まで通り来店しませんか？」

「それは……」

「どうしても私に会うと気まずいとか嫌だとかいうのならしょうがないですけど。でも、タマキさん、自分のこと嫌だって言いますけど、この短い時間でも、勉強して、ソフトの操作覚えて、頑張ってらっしゃるじゃないですか。いつまでも『嫌な自分』じゃないですよ。ううん、そもそも、そういう努力をできるってことが、十分、タマキさんの美点になるんじゃないですか？　私を見て、現実に引き戻されるのが嫌だっていう気持ちはわかりますけど、でも……タマキさん、ここにフキを持ってきたじゃないですか」

「え……？」

タマキはきょとんとしている。千春は、ここでタマキが店に来なくなるのは、あまりにも勿体《もったい》ない感じがした。タマキにとっても、店にとっても。

「前にタマキさんが、ラワンブキの肉詰めのことおっしゃっていて、それを聞いて、もしかして、タマキさんは肉詰めを作って欲しくてユウさんのところに持ち込んだんじゃないかと思ったんです。肉詰め、お祖母《ばあ》様の得意料理だっておっしゃってたじゃないですか。ラワンブキもそんな簡単に手に入るわけじゃないし、それをわざわざくま弁に持ってきたっていうことは、くま弁の、ユウさんの腕を信頼してのことでしょう？　他の店や、知り合いとかじゃなくて、くま弁に持ち込んだんですから、やっぱりタマキさんにとってくま弁は特別だし、大切だし……」

話しながら、これ以上どう言えば彼は店に来るのを止めずにいてくれるのかと千春は頭を悩ませた。もうよくわからなかった。タマキが来たくないと言うなら仕方ないのはわかっていたが、どうにかならないかと思ってしまっていた。

食べたいものを、食べたい店で買うのに、どうしてややこしい理由が必要になるのだ？

千春はそう思って、勢いに任せて言った。

「私はタマキさんのおかげで美味《おい》しいラワンブキを食べられたので、私もタマキさんに美味しいものを食べて欲しいと思うんです。何故かというと、同じくま弁のファンという仲間意識を……私は勝手に、いろんな人に抱いているんです」

「仲間……意識」

「そうです！」

千春は力強く言い切った。

タマキは唖然《あぜん》とした様子で千春を見つめ、素直な言葉を口にした。

「小鹿さんは、食の欲求に本当に忠実なんですね……」

「タマキさんだって、その『食の欲求』に従って来店してるわけじゃないですか。くま弁では、それでいいじゃないですか。店の外の、ややこしいことなんて無しにして、店の中では自分の『食の欲求』に従いましょうよ！」

タマキは——ふ、と笑った。肩を震わせ、耐えられない様子で笑って、参ったなというふうに頭を掻《か》いた。

「いいのかな……」

「いいと思いますよお！」

タマキの笑顔は、明るく、爽《さわ》やかだった。

笑い合っていると、厨房《ちゅうぼう》からひょいとユウが顔を覗《のぞ》かせた。手には、弁当容器を二つ持っている。

「おなか空《す》いてません？」

そう問われて、千春とタマキは顔を見合わせ、口々に、はい、とか、是非、とか叫んだ。

ユウが熱いお茶を用意してくれたので、千春は早速弁当の蓋《ふた》を開けた。

弁当は、全体的にちょっと薄緑色をしていた。きんぴら、炊き込みごはん、煮物、全部フキ料理だ。

メインはフキの肉詰め。普通のフキなら肉だねを詰めようとしてもたいした量は入らないだろうが、ラワンブキは太い。鶏肉と野菜を練った肉だねがふんわり詰められ、翡《ひ》翠《すい》色のフキとの対比が鮮やかだった。

立ち上る湯気とともに、フキの良い匂いが鼻をくすぐった。

「小鹿さんから頼まれていたんですよ、今度ラワンブキが入手できたら、肉詰めを作ってタマキさんにも声をかけて欲しい、と」

ユウがそう説明した。タマキから感謝の眼差《まなざ》しを向けられ、千春は照れ笑いを浮かべた。

「じゃあ、食べましょう！」

千春は手を合わせていただきますと言ってから箸《はし》を手に取った。

気になったのは、やはり肉詰めだ。

箸で真ん中から割って、一口サイズとしてはやや大ぶりのそれを思い切って口に運ぶ。

フキの香りがふわっと口の中に溢《あふ》れ、さらに鶏肉とたっぷり入った野菜の甘みが続いた。

フキは柔らかく、筋っぽさがない。肉だねの方も柔らかかったから、筋っぽかったらフキだけ口に残って気になったかもしれない。ラワンブキは肉厚で、食べ応《ごた》えがあって、
千春は感動を覚えた。

そしてまた、香りが良い。

僅《わず》かな苦みと、瑞々《みずみず》しいフキの風味が、初夏の訪れを感じさせる。

「美味しいですねえ。正直、初めて見た時は育ちすぎたフキかな？　くらいに思って、大味そうだなって思ってたんですよ。でも、肉厚で、柔らかくて、香りが良くて……」

満足しながらそう呟《つぶや》き、ふと気付くと、タマキがこちらをじっと見ていた。心なしか嬉《うれ》しそうだ。

「あ……すみません、じろじろ見ちゃって。嬉しくて。そうなんですよね、美味しいですよね……」

タマキは申し訳なさそうに謝った。

「僕、正直フキってそんなに好きじゃなかったんです。よく祖母が作ってくれたんですけど、子どもだったから、あんまり……でも、大人になったら、あれっ、この地味な感じが美味しいなって。滋味豊かで香りも良くて、ほっとするっていうか。……あ、祖母は元気ですよ、送ってくれたのも祖母ですし」

そう言って、タマキは照れくさそうに呟いた。

「また、会いにいかなくちゃ」

「そうですよね、顔見せるのが一番って言いますもんね」

千春は勿論《もちろん》孫がいるわけではないが、年配の常連たちはよくそんなふうに言っている。今度来るんだよとか、待ち遠しそうに。

「でも、タマキさんが子どもの頃は好きじゃなかったっていうの、ちょっとわかりますね。一人暮らしで誰も作ってくれなくなって初めて、そのありがたみを知るというか……」

「そうなんですよね……！　一人暮らしを始めたら、ちょっとしたお惣菜《そうざい》が恋しくなって……五目豆とか、ひじきの煮物とか……」

「ああ、そういうやつです。お弁当の副菜に入ってると嬉しくなっちゃう」

タマキと千春の自炊スキルは同程度くらいのようだ。千春はふと、彼の弁当に気付いて声をかけた。

「タマキさん、食べないんですか？」

タマキの方は蓋を開けたもののまだ手をつけていなかったのだ。

「おなか減ってないんですか？　あ、体調が悪いとか……？」

「すみません、勝手にお作りしてしまって……」

脇で見ていたユウも気遣うような声をかけたが、タマキは首を振った。

「そういうのではないんです」

タマキはなおもしばらく思い詰めた様子で弁当を見つめていたが、最後には笑って言った。

「いいのかなって思っちゃって。僕、本当は謝って、お礼を言ったら、もう来ないつもりだったので……でも、そうですよね、『食の欲求』に従わないとですね」

「そう！　『食の欲求』ですよ」

そうして、彼は箸を持ち、フキの肉詰めに取りかかった。箸で割るのかと思いきや、割らずにそのまま持ち上げると、それを口の中にまるごと放り込んだ。案外口が大きい、と千春はその迫力に啞然とする。

味わったのかどうかというくらい、あっという間に飲み込むと、彼はニッと笑った。

「うちの祖母のもなかなかのものなんですが……ユウさんの肉詰めも、美味《うま》いですね」

「ですよね～！」

フキの風味を生かす薄めの味付けで、肉だねがあっさりとした鶏肉なのもあって、優しい味わいだった。

タマキはごはんに箸を延ばし、やはりかなり大きな口を開いて炊き込みごはんを食べる。

「ん、これもいいですね」

「あっ、私まだです……」

千春は急いで炊き込みごはんを食べた。フキがふんわり香る。油揚げで旨味《うまみ》も追加され、こちらも確かに美味しい。フキの煮物は柔らかく、きんぴらはシャキシャキ感が残っていて、それぞれ歯ごたえが違って面白い。味も優しいが、胃にも優しい感じがした。前のようにお酒のつまみとして食べても美味しいが、遅い時間帯の弁当にもぴったりだった。量も味付けも、深夜にはこのくらいがちょうど良くて、ユウの気遣いが心に染みる。

食べながら、タマキはいろいろな話をした。祖母のこと、妹のこと……実はマサコはタマキより先にくま弁に通うようになっていて、タマキもマサコからこの店を教えてもらったそうだ。

実は、とタマキは照れたような苦笑を浮かべて言った。

「この店に来た時、転職したばっかりで、色々うまくいってなくて……妹に教えられてきたんですけど、ここで買った弁当を食べて、ばあちゃんの……祖母の料理が懐かしくなっちゃって。あー、こういうの食べたかったんだなあって」

「うふふ、ユウさんどうですか？」

千春はそれまで黙って聞いていたユウに話を向けた。ユウは照れた様子だった。

「嬉しいですね、勿論。うちは弁当屋なので、直接お客様の反応は見られなくて……こういうの、すごく……ありがたいですね」

「こちらこそ、いつもありがとうございます」

タマキは深々と頭を下げた。

そして、彼は千春にも改めて頭を下げた。

「ありがとうございます、小鹿さん」

タマキは顔を上げると、笑って言った。

「僕、自分のこと好きになれる気がしてきました」

「！　それ、すごくいいですね」

努力を重ねて、少しずつ——千春も彼の姿に励まされた。

何度も立ち止まり、そのたびに千春とユウに頭を下げながら帰るタマキを見送ると、千春は隣に立つユウに話しかけた。

「肉詰め、美味《おい》しかったです。ありがとうございます」

「お口に合ってよかったです」

五月の夜は涼しいを通り越して、まだ肌寒い。ジャケットは着ていたものの、深夜ともなると首筋の辺りが寒く、千春はストールでも巻いてくればよかったなと思ってしまう。

「今夜はもう閉店したので、送りますね」

そのために、ユウもジャンパーを着て出てきていた。

だが千春は申し訳なさから断ろうとした。

「いいですよ、近くですし……」

「送らせてください。そうしたいんです」

「……はい……」

千春は、ユウからの申し出を受けることにした。

くま弁から千春のマンションまでは大人の足で五分程度、どんなにゆっくり歩いても十分くらいで着いてしまう。最初は送ってもらうのを断ったものの、やはり少しでも長く一緒にいたくて、つい歩みは遅くなる。

千春もユウも、今日は言葉少なだった。

千春は、タマキに言われたことを考えていた。

千春のような人間になりたいと、タマキはそう言ってくれた。

たとえば、この仕事をこのまま続けたらどうだろうか？　年次が上がるに伴って責任は増え、現場に出ることは減りマネージメントの方面に進むことになるだろう。正直言って、そのことに不安もある。

だが、現場で客と直接やりとりすることがなくなって、多少実感しにくくなったとしても、千春の仕事はきっと客を助けている。

そう、助けているのだ、千春の仕事が、タマキのためになったように。

ユウや将平が持っているような何物かを、千春も見つけたいと思っていた。

だが、もしかしたら、自分は、求めたものをもう手に入れているのではないか？

「……………僕は、千春さんを尊重したいです」

唐突にユウからそう言われて、千春は心臓が飛び跳ねそうになった。

街灯が減り、暗くなった通りで、月の光が明るく見えた。

「千春さんを応援したいし、支えたいし、尊重したいです。そうさせて、くれますか？」

ユウは、千春を心配している様子だった。千春が自分をあまり顧みないと思っているのだろうか。
「はい……」
マンションの前で立ち止まると、ユウの顔が近づいて、キスをして離れていった。
千春は自分の部屋に戻ると、電気を付け、ベッドを背にして床に座り込んだ。
ユウと一緒にいたいな、と思った。
帰る場所が同じなら、こんな思いをしなくて済むのに。

•第四話• 行きて帰りしサクラマス弁当

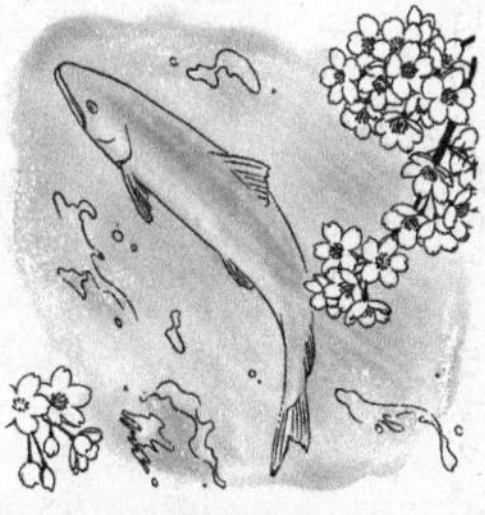

サクラマス。

その名が付けられたのは、産卵が近づくと体が桜色の婚姻色に染まるからだとも、桜の咲く頃に川を遡上《そじょう》するからだとも言われている。どちらにせよ、美しく風流な名前だと千春は感動したものだった。

それを教えてくれたユウは、今頃開店の準備中だろうか。

千春はユウとくま弁から何百キロも離れた雲の上——新千歳《しんちとせ》発、羽田《はねだ》行きの機内にいた。

もう数十分も窓からぼんやり雲を眺めていたが、空腹を覚えて、ユウが別れ際に渡してくれたレジ袋を前の座席の下から引っ張り出した。

小さなテーブルをこれも前の座席の背もたれから下ろして、そこに袋の中身を置く。

いつもの、くま弁の発泡スチロール製の弁当箱だ。

蓋《ふた》の上に小さなメモがあり、そこにはユウの丁寧な字で、本日のお魚はサクラマスです、という言葉があった。

メモをそっと脇に置いて蓋を取れば、ユウ特製の空弁が現れた。

おかずは、サクラマスのソテー、ちくわの磯辺揚げ、玉子焼き、野菜とがんもどきの煮物。それに小さな俵型にしたごはんだ。ごはんの上には昆布、ごま、筋子などが彩りよく添えられている。片隅に収まる柴漬《しばづ》けの紫が可愛らしい。ほっとする、懐かしい組み合わせだった。

「……………」

黙って手を合わせて箸《はし》を取る。

大好物のちくわの磯辺揚げと玉子焼き。かぼちゃ、いんげん、にんじん、がんもどきという、色合いも綺麗《きれい》な煮物。冷めてももちもちして、甘さを感じる北海道米の俵結び。どれも美味しく、丁寧に作られているのが伝わってきた。

そして、サクラマス。

そうか、これはサクラマスかと思いながら、千春はソテーに箸を延ばした。マスはふっくらと柔らかく、脂が乗っていた。バターとレモンの風味、それに胡椒《こしょう》が効いている。

（〝サクラ〟マスかあ……）

本当は、ユウと花見に行く約束をしていた。

花見と言っても桜ではない。さすがに六月ともなると桜は終わっている。

ちょっと遠出をして、芝桜の有名な公園にキャンプに行こうという話をしていたのだ。

だが、予定していた日程に、千春の東京出張が重なってしまった。

二週間の日程だから、帰る頃には芝桜の季節も終わってしまっている。

サクラマスは美味しい。

でも、ユウもきっと残念だったのだろうなあ……申し訳ないことをしたなあ……という思いがむくむくと顔を出し、いつものように無心に食べることができなかった。

二週間の出張は新商品の研修のためだ。千春の他にも札幌のカスタマーセンターと本社の関係部署の人間が集められていた。

「小鹿さん」

千春は研修室に入るやそう声をかけられ、きょろきょろと辺りを見回した。すぐに前から二列目の真ん中辺りの椅子に座る女性と目が合い、あっ、と声を上げる。本社に勤めていた頃、同僚だった長塚《ながつか》だ。

「久しぶり、元気だった？」

長塚は気さくな人柄で、千春とも同期というのもあり、親しくしていた。

昼の休憩時には、自然な流れでそのまま一緒に昼食を食べることになった。

本社の食堂は久々だった。メニューはあまり代わり映えがしない。今日の日替わり定食は豚肉の竜田揚げにおろしソースをかけたものがメインだ。

六月のその日は朝から蒸し暑かったが、屋内はエアコンが効いていて肌寒かった。外の気候を思えばおろしソースはさっぱりして良いのだが、朝からエアコンで冷やされた身体は温かいものを欲していた。

結局、千春は月見そばを、長塚は日替わり定食を頼んだ。

長塚は定食を食べながら、共通の知人の近況を語る中で、その名前を口にした。

「近藤《こんどう》さん辞めたよ」

「えっ？」

千春は思わず顔を上げた。長塚は口の中に頬張っていた竜田揚げを飲み下してから、説明を続けた。

「ほら、小鹿さんがいた頃は相談室の……」

「いや、わかるよ。辞めたんだ？」

「そう、転職してったよ、どこだっけな……あ、そうそう――」

その後の長塚の話を、千春はあまり真面目に聞いていなかった。うん、うん、と相槌《あいづち》を打ち、そうか、あの人辞めたのか、と事実を確認するように、何度か頭の中で繰り返した。

（本社に戻っても、あの人に会わなくて済むんだ）

ほっとしている自分がいた。

近藤悟《さとる》は、あまり思い出したくない相手だった。千春が本社に戻って同じ部署に配属されれば嫌でも顔を合わせることになるだろうなと思っていたから、その彼が転職したというのは、嬉《うれ》しい知らせだった。

そこではたと気付いた。

千春のいくらかは――たぶん、半分くらいは、やはり東京に帰るつもりでいるのだ。

それはそうだろう。転職はエネルギーが必要だし、うまくいくかもわからない。

（そっか、いないんだ、よかったなあ……）

千春は、黙々とそばを啜《すす》った。


二週間の研修は滞りなく進んだ。

業務に就いている時と違ってシフト制ではないので毎日十七時に終わる。夜は宿を取っても良かったが、少し時間はかかるものの実家に帰ることにした。

両親に久々に顔を見せ、手料理を食べさせてもらいながら他愛のない話をした。

実家での生活というのもあってかなり気楽な日々だったが、この規則正しい生活というのが問題だった。何しろ、千春が退社する頃にはくま弁は営業を開始していて、くま弁の営業が終わる頃には千春は寝ていることが多かった。しかもちょうどケータリングの仕事も重なって、定休日もユウは忙しいようだった。メッセージで連絡は取り合っているものの、ほとんど電話はできなかった。

やっと久々に声が聞けたのは、札幌に帰る数日前のことだ。

「こんばんは」

『こんばんは。ずっと電話できなくてすみません』

「いえっ、時間が合わないのでしょうがないですよ、謝ることないです……」

千春は実家の自分の部屋にいた。夕食後にベッドの上でごろごろしながら電話をしていると、学生時代に戻ったような気分だ。あるいは、遠距離恋愛になると、こんな風なのだろうか。

メッセージのやりとりはしているものの散発的だし、挨拶《あいさつ》程度が多く、話をしているという感じではない。千春ももう少し色々送ろうかと思ったのだが、文章に悩むうちに送れずに毎日過ごしていた。かくして無味乾燥なやりとりになっていたのだが……。

『千春さん？』

考え込んでいるうちに黙ってしまっていた。話しかけられても返事をしていなかったらしく、気付いた時にはユウが心配そうに呼びかけていた。

「あっ、はいっ」

『どうかしましたか？　何かありました？』

「いやっ、すみません、大丈夫です！」

いやいや――大丈夫と言っていいのか？　千春は自分の言葉に疑問を持った。きちんと話すべきことなのではないかと思ったのだ。

「あの……今みたいに離れて暮らしていると、遠距離恋愛ってこういう感じなのかなっていう……イメージが湧いてきてですね……」

『ああ、そうですね、僕もそれは考えてました』

「ですよね……それで……これ、どう思います？」

『どう……』

「いいのかなって」

言ってしまった！　と千春は口に出したことに自分で驚き、動転し、しかしもう後にも引けなくなってしまった。

『僕は……そうですね、会えるなら会えた方が良いですが、仕方ないかなとは……』

「そ、そうですよね……」

『千春さんは、不安を感じているんですか？』

「……はい……」

仕方ない、と自分に言い聞かせるべきなのだろうと思いつつも、千春は本心を打ち明けた。

「正直、私たち、全然生活時間が合わないというか……ユウさんの仕事の時間が、だいたい私のオフというか……逆に、私の業務時間がユウさんのオフで……」

『そうですよねえ』

「その上、今回は定休日もユウさんお忙しくて……！」

『はい……』

「いや、責めてるわけじゃないです。面倒臭いこと言ってるとは思うんですが、ちゃんと、続けられるのかなって……離れてても勿論《もちろん》好きです、当たり前です、でも、すれ違いが多くなりそうだから……だって正直、毎日のメッセージのやりとりもおはようとおやすみなさいとお疲れ様ですくらいで……お互い遠慮もあるし……ユウさんとのコミュニケーションに飢えているというか……」

『もうすぐ会えますよ』

「今回はすぐ会えますけど、こっちに私が戻って本格的に遠距離になっちゃったら、そんなしょっちゅうは会えませんよ」

面倒臭いことを言っている──自分でもそう言った通り、自覚はあった。そんなこと言ったってしょうがないのだ。遠距離恋愛をするなら仕方ない話だ。ただ、たぶん、実際にこんなふうに出張で離れ、予行演習をしているような感じになって、不安が募ってしまったのだろう。

『会えますよ。僕からだって、会いに行けますよ。日帰りになるかもしれませんけど。離れる前には、次の約束をしましょう』

「そうですね……」

千春は悄然《しょうぜん》としてうなだれた。

ユウは結構こういうところは淡泊というか、決して自分から我が儘《まま》を言ったりすることはない。距離をわきまえていると言うべきかもしれないが、千春は少し寂しい。

千春が一方的に寂しがってばかりだ。

『帰ってきたら、美味《おい》しいもの作りますね』

ユウの気持ちは嬉しいが、最近彼は千春がものを食べていれば満足すると思っていそうな節がある。

「……私はユウさんに会いたいんであって、ユウさんのごはんが食べたいって駄々こねてるわけじゃないんですからね」

『わかってますよ』

ユウは電話の向こうで笑っていた。

ユウにはああ言ったものの、ユウが作る『美味しいもの』にも、千春は飢えていた。

休日の買い物帰りに最寄り駅から実家へ向かって歩いていると、店の変化が目に付いた。

八百屋の隣の鯛焼《たいや》き屋が、弁当屋になっている。

（ほう……）

千春は興味が湧いてきて、ふらふらと店の外から様子を窺《うかが》った。何しろ元々の鯛焼き屋も小さな店だったから、弁当屋も小さいのだろうと思ったが、ガラス越しに覗《のぞ》くといわゆるウナギの寝床タイプで、奥行きは結構あるように見えた。店内には完成品の惣菜《そうざい》や弁当が置かれ、店に入った客が自分で選んだ品をレジまで運び、会計してもらうスタイルだ。

（お、アジの南蛮漬けいいな……）

少し蒸し暑い日だったから、さっぱりしたものが美味しそうに見える。興味を惹《ひ》かれた千春は、店内に足を踏み入れてみた。

店内は冷房が効いていて、汗がまとわりついた肌は、すっと冷えていく。

（ふんふん……アジの南蛮漬けに、かぼちゃと金時豆のサラダに……イカのフリッター、そうめんとかにかまときゅうりのサラダ、肉じゃが……）

家庭料理風の惣菜が並ぶ。札幌にいる間は千春の食生活はかなりの部分をくま弁に依拠していたから、こうして他の店で惣菜や弁当を眺めると新鮮な気分になる。くま弁ではないようなメニューもあって、なかなか面白い。くま弁よりちょっと高めの値段設定だ。

おにぎりのコーナーで、千春はふと足を止めた。

高菜とか、梅干しとかと並んで、赤飯のおにぎりがパックに収まって売られている。

（小豆《あずき》……ささげかな？）

それは、自然と千春に甘納豆の赤飯を思い出させる。

最初は驚かされたあの甘いお赤飯が、今は懐かしい。

くま弁の六月の弁当はなんだろう、と千春は考えた。

北海道には梅雨がない。千春は梅雨でじめじめした東京との比較もあって、北海道で過ごすなら十二ヶ月の中で六月、七月辺りが良いと思う。多少雨が続くことはあっても、こちらのように長々と一ヶ月以上も曇天を拝むことになるわけではない。

六月が旬と言えばアスパラだろうか。マリネや焼き漬けにしたのも美味しいし、天ぷら、フライなどの揚げ物もアスパラの風味がぎゅっと閉じ込められているようで良い。

カレーのトッピングで出てくることもある。

千春はいつの間にかくま弁の弁当を思い浮かべていた。

いやいや、こんなのは不毛だ。店に入ったのだから、ここにあるものを選ばなくては。

日曜日ではあったが父は出張、母は友人と会うために外出中で、昼は千春一人だけだった。時刻は十一時半で、ちょうど客が増えてきたところだ。

そのとき、弁当を見ながら歩いていた女性客が、何かに躓《つまず》きでもしたのか、急に千春の方に倒れかかってきた。

「あっ」

千春は慌てて女性客を受け止めた。女性客はびっくりした様子で目を見開き、千春の手を借りて立った。

「ごめんなさい、ありがとう……」

女性客は七十代後半……いや、八十代くらいだろうか。髪は短めのグレイヘアで、淡い緑のスカーフが初夏らしく爽《さわ》やかだった。

千春は落ちていた杖《つえ》を拾って彼女に渡した。

「ありがとう、本当に。いやね、私ったら、足がもつれて」

どうも、弁当が並ぶ陳列台につま先を引っかけてしまったらしい。

女性客は何度も礼を言ったが、杖を受け取ると、ふと不思議そうに小首を傾げた。

それから、何かを探すように、キョロキョロと周囲を見回した。

「どうかされましたか？」

「いえね……」

女性客は困り顔で、呟《つぶや》いた。

「何買いに来たんだったかしら」

「……？」

「お弁当買いに来たのよ、勿論、でも、何か食べたいものがあって来たのよね……なんだったかしら……」

ああ、もう、と女性客は呟いて溜《た》め息を吐いた。

「嫌になっちゃうわ。最近物忘れ多いけど、こんなことも忘れてしまうなんて。あら、話に付き合わせてごめんなさいね、杖拾ってくれてありがとう」

「あ、いえ」

女性客は周囲を見回し、眉間《みけん》に皺《しわ》を作っている。思い出そうとして、なかなか思い出せない様子だった。

そのとき千春はふと、ユウだったらどうしてるかな、と思った。

「あのう」

千春は気付いた時には女性客に話しかけていた。

女性客は不思議そうな顔で振り向いた。

「よかったら、一緒にお探ししましょうか？」

もし、ユウだったら、きっと彼女が求めるお弁当を作ってしまうんだろうな、と思ったのだ。

女性客は逡巡《しゅんじゅん》したものの、千春の申し出を受けてくれた。

女性客は、鹿沼光子《かぬまみつこ》と名乗った。

この店に来たのは初めてだと言う。駅から自宅への通り道にあるので気になっていたが、なんとなく機会がなくて買ったことはなかった。今日は出張だとか部活だとか友達と出かけるだとかが重なって家族が出払い、たまたま光子一人だけで昼食を摂《と》ることになった。それで、前から気になっていたこの弁当屋を利用することにしたそうだ。

「アレがあったら食べようって決めてたのよ、でも思い出せなくて……なんだったかしら、たぶん旬のものよ……」

「アレがあったら……ということは、必ずあるわけではないんですね」

「そうねえ、たぶん……前にこのお店を通りかかった時に外から見て、あらこんなのあるのねって思った気がするわ」

光子はまたため息を吐いた。

「いいのよ、こんなおばあちゃんの忘れ物、一緒に考えてくれなくて。何か適当に買って帰るから」

「えっ……あ、すみません、余計なことを……」

「謝らないでいいのよ、ただ迷惑じゃないかと……」

「迷惑ということはないです、大丈夫です」

千春がそう言うと、光子はじっと見つめてきて、考え込むように呟いた。

「……そう？　本当に？」

「はい。食べたかったもの食べたいですよね。私はそうなので……」

「……じゃあ、あの……ちょっと考えてみるわね」

光子は眉間に皺を作って、うーんとうなりながら店内を見回した。

「旬のもの……今六月だから……」

「六月の旬っていうと……私はアスパラとか好きです」

「ああ、アスパラね、いいわね、私も好きよ……でも、もっとこう……メインになるものだった気がするわあ」

「魚……とか？」

メインディッシュなら魚か肉だろうか。肉はあまり旬という考え方はしないだろう……勿論《もちろん》、最近はやりのジビエ料理は別だろうし、厳密に言えば肉にも旬はあるのかもしれないが。

「そうね、お魚かも」

「六月のお魚ってどんなのありましたっけ」

「アジとか……アユとか……スルメイカとか……そうそう、私の出身地は、イカ釣りが盛んでね。煮物とか刺身とか、色々食べたわ。ごはんにもお酒にもいいわよね」

「あ、いいですよね。イカそうめんとかすごく好きです……お酒飲みたくなっちゃいますね」

「そうそう、お酒飲む人はやっぱりそういうの好きよね。子どもが小さい時はイカ焼きなんかもしてねえ。あとねえ、アジといえば、豆アジを揚げてね……」

旬の魚料理についての話で盛り上がり、しばらく二人でわいわい話した。故郷の食材や料理について語る光子は楽しそうで、生き生きして見えた。千春の場合は北海道が出身地というわけではないが、ついさっきくま弁の弁当を懐かしんで恋しく思っていたから、光子の気持ちはわかる気がした。

光子はどの辺りの生まれだろう……と千春は考えた。イカ釣りというと、千春は八戸《はちのへ》や函館《はこだて》、能登《のと》の辺りを思い浮かべるが、それ以外の地域でも盛んなところはあるだろう。

（あ、出身地のお魚って可能性もあるのかな）

たとえば、このお店で久々に故郷で馴染《なじ》みの魚を見かけて食べたくなった、とか。

千春は早速光子に訊《き》いてみようと思った。

だが、突然、光子がはたと気付いた顔で、小首を傾げた。

「そういえば、今って六月なのよね」

「？　はい」

「前にお店で見かけた時に、こんなのあるのねって思ったって言ったじゃない。でも、それって先月だったかも……あっ、そうよ、先月だわ、病院の帰りだったから……あらもう、やだわあ、先月じゃあ無理よね、思い出したとしても……」

「旬が長いものもありますし、まだわかりませんよ。あ、お店の人に訊いてみましょうか、何かわかるかもしれませんよ」

ちょうど弁当の補充に店員が来たところだったので、千春が店員に声をかけた。

「あの、先月のお弁当で、旬のお魚使ったものってどんなものがありましたか？」

「先月ですか？　えー……、アユは今月ですし……先月だと初ガツオなどでしょうか。他は……申し訳ございません、今すぐには出てこないもので、少々お待ちいただければ、確認して参りますが……」

「あ、そこまでしなくていいのよ」

千春はお願いしようと思ったのだが、光子はそう言って断ってしまった。

「いいのよ、あなたも。私のためにそんなにしないで。好きなお弁当選んでくれたら買ってあげるわ、迷惑かけたから」

「そんなつもりでは……」

「いいのよ、楽しかったから。私も適当に選ぶから……」

「あっ、あの、じゃあ、ひとつだけいいですか？」

千春は、さきほどの話で気になったことを訊いてみた。

「ご出身はどちらですか？」

「山形よ。海沿いの方よ」

「ああ、なるほど……イカ釣りが盛んって伺ったので、どちらかなと。じゃあ、お探しだったのは、故郷のものだったりしませんか？」

「故郷の……」

「故郷の五月はどんなふうですか？　あっ、というのは、私は最近北海道で働いていたもので……今はちょっと研修で戻っているだけなんですけど、こちらとあちらだと、結構季節感が違うんですよね。そうすると旬も違うじゃないですか。札幌にいたんですけど、桜なんて五月でしたよ。梅雨もないし」

問われて、光子はぼんやりとした表情を浮かべた。物思いにふけり、遠くを思うように見えた。

「五月……私の故郷では、桜は、四月なの。そうね、こちらより遅くて、満開になるのは入学式を過ぎてから……でも、綺麗《きれい》よ。主人はその季節になるとよく釣りに行ってね、河口の辺りで、海から川へ戻る――……」

ふと、光子がハッとした様子で息を呑《の》んだ。

「あ！　そうだわ、桜よ。桜……」

千春も今の話でピンと来た。思わず、大きな声で言った。

「サクラマス！」

そして、声に出してから、自分の声の大きさに気付いて、こちらをびっくりした顔で見ている周囲の客と店員に頭を下げた。

「そう、そうなの、サクラマスよ。桜の咲く頃にね、海から山へ戻ってくるの……あなた、よくご存じね？」

「あ、ちょうど、最近食べたもので……」

「そうなの。いいわね……サクラマスねえ、もう遅いかしら？」

「どうでしょう、地域によっては六月とかでも獲《と》れるはずですよ」

「なら、場所によってはまだ獲れるのね。ちょっと店員さんに訊いてくるわね」

光子は嬉《うれ》しそうにいそいそと店員に声をかけた。話を聞いた店員は、あっ、と声を上げた。

「それならちょうど今できましたのでお持ちしますね！　一折でよろしいでしょうか？」

「あら、こちらの方は……」

「いいです、私も食べます、二つお願いしま……あっ、自分の分は自分で払います！」

一緒に会計されそうになり、千春は慌てて光子を止めた。


梅雨入りはしていたものの、今日は朝から数日ぶりの晴天だった。

弁当を手に、二人で住宅街の公園前の通りを歩いた。子どもたちが、笑ったり小突き合ったりしながら、二人の横を通り過ぎていった。

「おうちこちらの方なんですか？」

千春が尋ねると、子どもたちを眺めていた光子が答えた。

「ええ、そうだけど、今日はそこの公園で食べようと思って」

「いいですねえ、晴れてますもんね！」

想像すると、それはかなり気持ちよさそうだった。千春は自分も真似したい、とさえ思ったが、正直そこまでやるとしつこいと思われないかな……と思いとどまった。

だが、光子は千春をじっと見つめると、様子を窺《うかが》いながら尋ねた。

「あなたも、一緒に食べる？」

「えっ、いいんですか？」

「ええ」

光子は柔らかく微笑んだ。


広い公園の木陰になったベンチを選んで、千春と光子は腰を下ろした。光子は、はい、と千春にペットボトルのお茶を渡してくれた。さっき自動販売機で買っているとは思ったが、千春の分も買っていたとは気付かなかった。千春は恐縮して受け取った。

お弁当は、サクラマスの切り身を焼いたものの他、筑前煮《ちくぜんに》、玉子焼きなどよくある鮭弁当の構成で、ただごはんがわかめごはんだった。サクラマスの切り身はふっくらと柔らかく、千春は食べながら、ユウのサクラマスの弁当を思い出していた。

値段は思っていたよりも高めだったが、弁当の構成を見るに、おそらくサクラマスが結構いい値段なのではないだろうか……？

「サクラマス、お好きなんですか？」

千春がそう尋ねると、光子は懐かしそうに微笑んだ。

「そうねえ、どうかしら。主人が釣り好きでね、サクラマスもよく釣ってきたの。それで親しみがあるけれど……まあそうね、好きよ。鮭ともなんとなく違う気がするのよね」

「そうなんですか。すみません、私あんまり鮭と鱒《ます》の違いがわからなくて……」

うふふ、と光子は笑った。

「なんとなく味に親しみがあるだけよ、私も。でも輸入もののアトランティックサーモンだって紅鮭だって美味《おい》しいし、好きよ」

光子はそう言ってサクラマスを食べると、公園を眺めた。子連れの家族や、カップルが、木漏れ日の下を散策している。木々の向こうには遊具のある遊び場もあって、小学生くらいの子どもの元気な声が響いている。

「ヤマメって知ってる？」

「あ……確か、川の……渓流釣りとかで釣る魚ですよね？」

「そう。ヤマメとサクラマスって同じ種類の魚でね、川に残るのがヤマメ、海へ行くのがサクラマスなの。サクラマスは、その後また川に戻ってきて、秋に産卵するのね」

「そうなんですか」

「人間だって、故郷に残る人と、都会に行く人がいるじゃない？　……あらやだ、私ったら、都会が地元の人にこんなこと言って……」

ふふ、と笑って、光子は遠い目をした。

「私は、ヤマメだったわねえ」

千春は少し不思議に思った。ここは都心ではないとはいえ東京だ。

「私ね、上京したのは娘夫婦に誘われたからなの。だから、それまでは何十年間ずっと生まれ故郷でね。おかしいわよねえ、これでも若い頃は都会に行くわって息巻いてたんだから。もっと若い頃に上京する機会は何度かあったんだけどねえ、主人と結婚する前、主人が死んだ後……でも、結局ずっと故郷。海辺の集落。近くに地方都市があってね。もっと早く上京していたら、どんな人生だったのかしらねえ」

「……故郷を離れなかったのは、やっぱり、愛着があったから……ですか？」

「さあねえ、どうだったかしら……」

遠くを見て彼女は笑う。子どもの笑い声が遠ざかっていった。そういえばそろそろ昼になる、あの子たちは家へ帰って昼食だろうか。

「……そんなに良い思い出があるわけじゃないのよ。でも、海は好きだった。波がね、岩に寄せて砕ける音やなんかを聴いていると、自分の心臓の音と一緒になって、心が穏やかになっていくの。潮の匂いがまとわりついて、染みこんで、海に溶けていくみたいで。子どもの頃なんかしょっちゅう遊びに行った。働ける年になってからは、まあ、遊びにって感じじゃなくなったけど。漁を手伝うと、魚やら何やら、こんなやつにいっぱいもらえてね、家計は楽じゃなかったから、随分助けられたのよ。……あら、やだ、また私ったらこんな話」

「いえ、あの……聞かせてもらえて嬉しいです」

「……そう？　ありがとうね」

六月の昼の日差しはきついが、日差しさえ遮れば心地よかった。不意に、千春は周辺の緑をやけに眩《まぶ》しく感じた。蛍光緑のような……違和感を覚えて千春は目を擦《こす》り、気付いた。自分は北海道の、札幌の緑と比べていたのだ。梅雨を迎えて、公園の緑はいっそう青々と茂り、きつい日差しを浴びて、ぎらぎらと輝いている。蒸した空気には強烈な生命力を宿した緑の臭いが籠《こ》もっている。そうか、札幌とは違うんだなと、千春は改めて感じた。

東京に帰っても、札幌に残っても、何らかの後悔をしそうな気がした。

「……後悔することってないんですか？」

問いを口にしてから、千春は我に返った。

「いっ……いや、すみません、こんな失礼なことを……ちょ……ちょっと自分のことで悩んでて……つい……」

「いいのよ、謝らなくて。もうね、後悔だらけよ！　結局何十年も地元の人間関係に支配されてね、気を遣うし、細々仕事もあるし、それで感謝してもらえるのなら嬉しいけど、私、ご近所さんの安否確認しようとして茶碗《ちゃわん》投げつけられたこともあるのよねえ。

遠方の子どもさんたちから頼まれてたんだけど」

語る光子の額には、光の加減で、白い小さな筋が見えた。古い傷跡のようだ。

「……娘から、慣れ親しんだ土地だから引っ越すのは嫌かもしれないけどサポートするからって東京に誘われた時、それまでの地元でのこと思い出してね、あ、これ今出て行かないともう死ぬまでここで暮らすんだわって思って、行くわってすぐ答えたの。だから東京へ来たことへの後悔は全然ないわね、ほんと。勿論《もちろん》、こちらで暮らしていても困ったこととか、嫌な人とか、色々あるわよ、でも、いいのよ、私は自分でやっと決められたんだから」

光子は笑った。どこか吹っ切れたような快活さがあった。

「さ、おばあちゃんのお話はこれでおしまい。今度はあなたのお話を聞かせてくれない？」

「えっ……」

「何か後悔しそうな決断でもしちゃったのかしらね？」

「ええと……」

改めてそう言われると、どうしたものかと千春は頭を悩ませた。しばらく考えた末、ぽつりぽつりと語り出した。

「まだ決断できていないことがありまして……簡単に言いますと、仕事を続けて遠距離恋愛か、転職して近くにいるか、という……」

「あらあら、結婚するの？」

「そ……そのうち……たぶん……」

「お相手とよく話し合わなくちゃ」

「そうですよね……」

光子の言う通りで、千春はユウともっと話し合わなくてはならない。千春もそれはわかっているし、実際、少しは電話で話してみた——だが、やはり、千春ばかりが我儘《まま》を言っているようで、ぐるぐると同じところで悩んでいるようで、心苦しくなってしまう。

「……札幌と東京なんで、そんなにしょっちゅう会えるわけじゃなくなります。私は正直不安があります……でも、その不安って、上手《うま》くいかないかもしれないって考えてるってことですよね。離れて上手くいかなくなっちゃうような関係ならそこまでじゃないのか？　って思ってしまうし……そうは言っても、関係を続けていくっていうのは、努力とか、タイミングとかも重要でしょうし。それに、結婚して一緒に暮らすためにいつか会社を辞める時が来るなら、それが今じゃダメなのか……ダメな理由って、何かあるのか。その理由は、結婚する時に、乗り越えられる理由なのか……って」

千春は自分でも何を言っているのかよくわからなくなってきた。弁当を食べる手は随分前に止まっていた。サクラマスも他のおかずもごはんも美味しいのに、食事に集中できない。もったいないと思った。

「じゃあ、今お勤めされているところを辞めて、札幌で結婚するの？」

光子に問われて、千春は返答に窮した。

結婚すると決まったわけではない、婚約まではしていない——いや、そういう問題ではない。会社を辞めるというところが引っかかっているのだ、と千春も気付いた。

「会社を……辞めるのは、勿体《もったい》ないって思ってしまうんです」

会社をここで辞めれば、これまでやってきたことが無駄になるような気がしていた。

東京に帰り、研修のため本社に通っているからだろうか、過去のことばかり思い出してしまう。罵《ののし》られても耐えて、失敗しても食らいついて、ようやく、認めてもらえる仕事をできるようになった。北海道転勤の辞令を受けて、それでも会社を辞めなかったのは、ここで、あるいはここでなくとも数年後結婚する時に、辞めるためだったのか？

そう自問してしまうのだ。

「でも、じゃあ、いつか札幌で結婚っていうのは……」

光子は問いかけの形で呟《つぶや》いたが、千春が黙って弁当を見つめているので、それ以上追及はしなかった。

「食べましょう、ほら、お天気の良いうちに」

その通りだった。中天に達した太陽はまだ燦々《さんさん》と陽光を地上に注いでいたが、東の空に雲がかかり始めていた。あの雲に追いつかれる前に食べてしまいたい。

千春は弁当に再び取りかかった。脂がよく乗ったサクラマスは、魚がメインにしてはボリュームがあったし、筑前煮《ちくぜんに》や玉子焼きも出汁《だし》がしっかり効いていて、やや薄味ながら美味《おい》しい。ごはんはどこのなんという米か忘れたが、冷めてももちもちとしている。くま弁以外の弁当を食べるのはかなり久しぶりのことだったが、十分満足できる弁当だった。

「美味しいです」

「そうね、これなら私でも全部食べられそう。最近は食が細くて」

その後は、二人で弁当を食べながら、他愛のない話をした。光子の亡き夫のこと、子どもたちのこと、孫のこと、出身地のこと。千春の仕事のことや、近所の店のこと、札幌のこと。食べ終わり、公園を後にする時、千春は呟くように言った。

「札幌に戻ったら、話し合ってみます」

「……そう」

光子は公園を出て少し歩いたT字路の手前で立ち止まり、千春にお礼を言った。

「今日はありがとう。ご近所みたいだから、またどこかで会うかもしれないわね」

「はい、またよかったらお話しさせてください」

光子は手を振って、T字路を千春とは逆方向に歩いていき……突然、立ち止まったかと思うと、急いで杖《つえ》をついて戻ってきた。何か忘れたものでもあるのかと、千春は彼女の元へ駆け寄った。

千春の手を、光子が取った。

「ここに来たこと後悔してないと言ったけど、実は、娘に行くわって答えた後、悩んだの。本当にいいのかしらって。故郷は勝手もわかっているし、ご近所は知った人ばかりだし……何より、子どもを産んで、育てて、主人も両親もあそこで弔ってきたの。離れがたかった。そうよ、何十年間も、私はあそこにしがみついてきたの。それを、この年で新しい土地に行くなんて……」

ぎゅ、と細く痩《や》せた手が、力強く千春の手を握った。

「でもね、そうやって、いろんな言い訳して、私は決断してこなかった。だから、今度こそ、決断しようと思ったの。私は、この年で、ようやく自分で大事なことを決められたわ」

光子は千春の目を見て微笑んだ。

「今では、地元にずっといたことも含めて、悪くない人生だったと思えるの。でも、それはあのとき決断できたからよ。だから……頑張って！　あなたにしか、あなたの人生は決められないんだから」

「は……はい！」

「……好き勝手なこと言ってごめんなさいね」

「いえ、本当に、ありがとうございます」

光子は手を放して別れを告げると、ゆっくりと、杖をつきながら歩いて行った。

千春は、新千歳空港から札幌駅まで、快速エアポートで移動した。時間にして四十分弱。車窓から見えるのは、住宅地や畑、牧草地、緑茂る木々に、青い空だ。札幌の空は、突き抜けるような青色で、ふと視界が開けた瞬間などは、空はものすごく大きく、広く見えた。

二週間の研修を終えて、千春は札幌に帰ってきた。

梅雨とは無関係な空気は爽《さわ》やかで、明るい日差しと涼しい風の組み合わせが心地よい。ずっとこんな気候ならいいのに、と思ってしまう。

札幌駅からは地下鉄の東豊《とうほう》線に乗り換え、豊水すすきの駅で降りた。大きなホテルが近くにあるので、キャリーバッグを転がす観光客らしきグループの姿も見えた。日中寒さを感じることはぐっと減り、真夏の暑さもまだ先だ。日照時間も長い。観光には良い季節だろう。

千春は半袖《はんそで》のシャツの上からジャケットを羽織り、下はジーンズという格好で、ごろごろとキャリーバッグを転がして歩いていた。他人が見れば、やはり観光客に見えたかもしれない。

先を行く観光客たちのグループとは、途中まで一緒の道だった。前を行くグループは千春が知らない言語を話していたが、賑《にぎ》やかで、楽しそうで、見ていて千春まで嬉《うれ》しくなってくる。日本を、北海道を、札幌を、楽しんで、知って、経験して欲しいと思う。それはたぶん、千春がこの街に、愛着を抱いているからだ。

ホテルへ向かうらしい彼らとは途中で道が分かれた。

くま弁は、その日は定休日だった。

建物が店の前の歩道に日陰を作っている。

ユウは、店の前に立っていて、箒《ほうき》は持っていたものの、そわそわしていて掃除をしているかは怪しいところだった。彼は千春の姿をかなり遠くから確認すると、箒を店の前に置いて、駆け寄ってきた。

「千春さん！」

二週間ぶりに直接ユウの顔を見て、声を間近で聞いて、千春は胸が躍った。手を伸ばせば届く距離にユウがいるのが嬉しい。自分たちの関係は穏やかな、どちらかというと静かなものだと思っていたが、ユウに手を取られるとどうしても平穏な心ではいられなかった。

ユウは千春の手からキャリーバッグを受け取ると、もう一方の手で千春の手を引いて店へ向かった。

「知らせてくれれば空港でも駅でも行ったのに」

「せっかくのお休みなんですから、ちゃんと休んでくださいよ……いつから外にいたんですか？」

「……いや、ずっといたわけではないです……ただ、時々出てきて、見てただけで」

ユウは気まずそうに言った。千春は飛行機の時間を教えず、十四時頃にくま弁に行くとだけ伝えたのだ。

「……却《かえ》ってすみません」

「じゃあ次は知らせてくださいね」

「はい……」

住居用の玄関から中に入ると、ユウに腕を引かれて抱き寄せられた。千春がそっと腕を背中に回すと、ユウも抱きしめてくれた。

お帰りなさいと囁《ささや》かれて、千春は照れながらも、ただいま戻りました、と答えた。

千春を休憩室に通すと、ユウはお茶を入れてくれた。千春はその間にお土産のお菓子を皿に小分けしていた。

「あ、芋きん」

お盆でお茶を運んできたユウが千春のお土産を見て微笑んでくれた。

二人でお菓子を食べながらお茶を飲み、千春も少しほっとした。

このままゆったり過ごしたい気持ちはあったが、そうもいかない。

千春は姿勢を正し、ユウに向き直った。

「これからのことを、話し合いましょう」

 千春の真剣な表情に気付いて、あぐらをかいていたユウがつられたように正座した。

「あ、いや、正座はしなくて、崩したままで……あの、というのは、ユウさんが今後のことどう思っているのか、私がどう思っているのか、あまりちゃんと話したことがなかったかなと思いまして」

「今後……というのは、つまり、千春さんが東京へ戻ってからということですよね？」

「そう……その辺りも含めての話です」

千春は公園で光子と話したことを思い出しながら語った。

「今後、私たちが遠距離恋愛になるとして、それっていつまで続けることになるんだろうかと考えてしまったんです。だって、ユウさんはこちらでお仕事だし、私もあっちで仕事で……ユウさんにはくま弁があるからいつか私が会社を辞めてこちらに来ることになると思うんですけど、辞める……辞めるのは、どうなんだろうって……思ってしまって……」

ユウをがっかりさせたのではないか、傷つけたのではないかと不安になって、千春はユウをそっと見やった。ユウはきょとんとした顔をしていた。

「……遠距離恋愛には、期限が必要なんですか？」

しばらく黙った末、ユウはそう訊《き》いてきた。千春は少なからずショックを受けた——正直に言って、結婚する気だったのだ、千春は。ユウもそういうような気持ちでいてくれているのだと思っていた。いや、曖昧《あいまい》にしてきた部分はあった……だが、それらしいことを言わなかったか？　あれ、いや、言っていないか……？

呆然《ぼうぜん》とする千春に気付いて、ユウが慌てた様子で言葉を補った。

「あっ、そういう意味ではなくて……僕は、自分もそうですが、千春さんが会社を辞めることもないと思っていて、だから遠距離恋愛になるんだろうなと思っていましたし、そのまま、別居状態で結婚したっていいと思っていました」

「は……？」

結婚——結婚だと？　かなりはっきりした言葉がいきなり飛び出してきて、千春は思わず声を上げた。

ユウの方も、驚いた表情で言った。

「えっ、だって別に別居してたって結婚はできるじゃないですか……？」

「いやっ、そっちじゃないですよ⁉」

訝《いぶか》しげなユウに、千春も説明するしかなくなった。

「けっこん……の方で……」

「え？」

千春が引っかかったポイントを理解したユウの顔から、すっと血の気が引いた。

「……あっ、すみません、勝手に……そういう想定を……」

ユウが動転している。申し訳なさから、千春は精一杯のフォローをしようとした。

「あっ、はい……いや、ええと、私もそういうことは……考えてます……」

「そ……そうなんですか」

ユウはそう言ったものの、不自然に視線を逸《そ》らしてしまった。

お互い気まずい状況になってしまい、責任を感じて、千春は話を本題に戻すことにした。

「仮に、私たちが結婚したとして……それでも、一緒に暮らさないんですか？」

「そうですね……」

ユウは考え込み、言葉を選びながら言った。

「つまり……その、もっと自由に考えてもいいんじゃないかと思うんです。僕たちはどうしたいのか、ひとつひとつ余計な要素を除いて、自分たちの心を解きほぐしていけば、二人が望む地点が見えてくるんじゃないかなと……」

——自由に？

「たとえば、僕はお互いが今の仕事を続けたまま、二人の関係も続けていきたいな、と思います。結婚にこだわることも、結婚の形にこだわることもないと思います……いや、僕はそういうつもりでしたけど、千春さんの意思次第というところです」

千春は眉根《まゆね》を寄せ、頭を傾け、難しい顔で考えた。

「私は……私はユウさんと……その、お付き合いを続けたいです。仕事も続けたいし、ユウさんにも辞めて欲しくないです。でも……ずっと遠恋も、正直言って、嫌です。できるなら一緒にいたい。両方手に入ればいいのに、そうできないから辛《つら》いです」

なおもしばらく考えて、千春はまた口を開いた。

「札幌で転職活動することも考えました。コールセンターは札幌にもたくさんあるから。でも、今の会社を辞めるのは……勿体《もったい》ないと思ってしまうんです。これまでやってきたことが、頑張ってきたことが……なくなってしまうようで……」

千春は膝《ひざ》の上で拳《こぶし》を握りしめた。今の会社を辞めるのは、勿体ない、惜しい、悔しいと感じてしまう。もやもやとした感情がまとわりつく。

「なくなってしまうと、本当に思っていますか？」

気付くと、ちゃぶ台を回り込んだユウがすぐそばにいた。彼は握りしめた千春の手に、自分の手をそっと重ねた。そのぬくもりに励まされて、千春は考え考え、話した。

「わからないです……これまでの経験はちゃんと自分の中にあると思ってるのに、それはわかっているのに、すごく引っかかるんです。本当にそれでいいのかって。ここまでいろんなことがあって……札幌での暮らしも随分慣れましたけど、辞令が出た時は、やっぱりショックでしたし」

「ショックというのは、やはり東京から遠いからですか？　環境が変わってしまうから？」

「いや、そういうのもあったかもしれませんけど、そうじゃなくて……」

千春は自分の感情を説明しようとした。

だが、適切な表現が出てこない。ショック……そう、転勤の辞令は、驚くとか、不安とか、そういうものではなくて、もっと強く、千春を揺さぶったのだ。

そのとき感じた衝撃を、思い出そうとする。呆然として、足元が根幹から揺らぐような感覚だった。何故か？　転勤先が北海道だったからではない。

「……私、裏切られたんです」

そうだ。

近藤悟。

その名前が浮かんでハッとした。その男に裏切られた挙げ句、千春は彼の本命の恋人から札幌行きを押しつけられた。

悔しい──今思い出しても、悔しい。当時の千春はあまりの事態に呆然として怒りも泣きもできなかったが、後から思い返すとあまりに理不尽で悔しくて仕方ない。

「あんな……っ、あんな男に騙《だま》されて、私もバカだったんですけど、でも転勤も受け入れて……それなのに、今辞めるなんて……そんなの……」

千春は自分の胸を押さえた。泣くのは避けたかったが涙がじわじわと滲《にじ》んでくるのを感じた。シャツの胸元をきつく握りしめた。

「今辞めたら、あのとき辞めなかった自分を裏切るみたいだって思ってしまうんです」

当時の千春は文句も言わずただ耐えた。ただ受け入れた。そんな自分を愚かだったとも思うが、あの男の言動のせいで人生を左右する退職という事態を回避できたのはその頑張りのおかげだ。

「……それでも、やっぱり悔しいです。だって、向こうはもう私のことなんか忘れて暮らしてるのに、私は自分を裏切った人間に、今も翻弄《ほんろう》されてる」

「千春さん」

ユウの手が千春の手を摑《つか》んで、自分の頰に押し当てた。驚く千春に、ユウはごく近い距離で――額か鼻がぶつかりそうな距離で、囁《ささや》いた。

「そんな人に人生左右されていいんですか」

「よ……よくない」

ユウはもう一方の手で千春の頰に触れた。手のひらで包み込むような触れ方だった。

怒っているんじゃないかというくらい、真剣な目をしていた。

「そんな人じゃなくて、僕を見てください。僕との今と、未来を」

そう言うと、ユウははっと我に返った様子で、千春から離れた。

「す……すみません、大事な決断の時に、あまりべたべたしていたらよくないですよね」

そう言われるとそうかもしれない。触れられていると、どうしても離れ難くなる。

千春は純粋な疑問をぶつけてみた。

「離れていることが不幸じゃないって、本当にそう思います？」

「ええ」

「一緒に暮らさなければ、幸せになれないわけじゃない……」

「僕はそう思います。今回は不安にさせてしまいましたが、きっと、離れていてもやっていける方法を見つけ出せますよ」

　そうだろうか。そうかもしれない。

　千春はユウと一緒にいないことを寂しいと思ったし、実際寂しいが、それをマイナスのこととして捉《とら》え過ぎてはいなかったか？　離れていることが不幸だとか、そんなことは決まっていない。

　それは千春が決めることだ。

　東京で出会った光子は、人生に満足しているようだった。大事な決断を自分でできたからだと言っていた。千春を励ましてくれた。

　勇気を持とうと思った。

　自分を信じて、勇気を持って。

「私――私、」

　千春は両手を伸ばし、ユウの手を強く握った。

「私、札幌に残ります。ユウさんと、ここで、新しいことを始めたい」

　新しい土地で、新しいことを――かつて流されて札幌に来た千春にそう言ったのはユウだった。彼は覚えていないかもしれないが、その言葉が、千春を随分励ましてくれたのだ。

　ユウは目を見開いた。

「い……いいんですか？」

声が上擦っていた。握った彼の手が汗を掻《か》いていることに千春はようやく気付いた。

「でも、無理をしてほしくないです。自分を尊重して、大事にして欲しいです……」

「してますよ!? 自分の気持ちを考えて、出した答えです。苦労も、成長も、どこででもできると思います。でも、選べるなら、私は、ここで、ユウさんと一緒に経験したいんです」

「僕と……」

ユウはこみ上げる思いを飲み込むように言葉を呑《の》み込んだ。

「ユウさんは……どう、思いますかっ？」

「……サクラマスを……」

「……えっ？」

サクラマス？

いきなり出てきた彼の言葉にびっくりして、千春は目を瞬《しばた》かせた。ユウは気まずそうに目を逸らした。

「すみません、二週間前、千春さんが東京へ行かれる時、お作りしたお弁当がありますよね」

「はい……」

「あれは、サクラマスのお弁当なんですが、実は……あの、ご存じでしょうか……」

何をだろう？　千春が言葉を待っていると、ユウは言いにくそうにつかえながら説明した。

「サクラマスは、ヤマメと同じ魚で、河川に残留するのがヤマメ、海に出るのがサクラマスと呼ばれているんです。それで、海に出たサクラマスは、やがて川に戻ってくるんです」

「あ、知ってます。東京で知り合った女性に教えてもら…………え？」

千春は彼がこの話題を持ち出した意味をじわじわと理解しつつあった。

「サクラマスは、この季節に、海から川へ戻ってくるんです。だから、僕は、あなたがここに……戻ってきてくれればと……」

ユウの顔が赤い。ユウはついに頭を抱えた。

「すみません、勝手にこんな願い込めて。気持ち悪いですね……」

「いやっ、全然気持ち悪くないですよ、だってお付き合いしてるんですもん、できることなら一緒にいたいのは当たり前じゃないですか！」

ユウはもう顔を伏せてしまっていたので、どんな表情を浮かべているのかはわからなかった。ただ、耳まで赤くなっていた。

千春はつい意地悪したくなった。

「……まあ、確かに、勝手に願掛けは少し引いてしまうところはありますね」

「やっぱりそうですか⁉　あっ、でも別に、千春さんがそういう決断をするとまで願ったわけじゃないです、どんな決断でも尊重するつもりで……ただ、あの、二週間も千春さんに会わないのも、お付き合いしてから初めてだったので、無事に帰ってきて欲しいなあと……」

ユウが勢いよく顔を上げてそう言うので、千春は堪《こら》えきれず笑い出した。

「す、すみません、からかっただけです……あっ、ユウさん怒ってます？」

「怒ってないです……」

ユウはまたしょんぼりと肩を落としてうなだれている。

「我ながら女々しいような気はしたんです……」

「そんなことないですよ」

千春は俯《うつむ》く彼の顔を下から覗《のぞ》き込んだ。少しふて腐れたような顔をしていた。それが嬉《うれ》しい。客には笑顔ばかり見せる彼の、こんな顔を知っている人間は限られていて、自分はそこに含まれているのだ。

千春は改めてユウの手を取った。

「嬉しいです。普段、ユウさんはお客さんの願いを叶《かな》えるためにお弁当を作りますけど、今回は自分のために作ったんでしょう？　それが嬉しいんです。ユウさん、そういうこと言わなかったじゃないですか。私、自分ばっかり寂しがって、バカみたいだなって思ってました」

「そっ、そんなことないです。バカみたいなんてこと、ないですよ」

「ユウさんも、私に会いたかったんですね！」

「当たり前ですよ！」

千春は嬉しくなって笑ってしまった。ユウはしばらく千春を睨《にら》みつけていたが、咳払《せきばら》いをして、仕切り直した。

「じゃあ、改めて、ですが……」

「はい」

「結婚してください」

ユウは幾分照れているようにも見えたが、その眼差《まなざ》しは真摯《しんし》だった。

千春は微笑んで答えた。

「はい」


おやつの時間に近かったが、実はまだ昼食を摂《と》っていないと言うと、ユウは次から次へと料理を運んできた。ザンギ、コロッケ、豚の角煮、イカ大根、きんぴら、ひじき、筑前煮《ちくぜんに》などの定番メニューの他に、千春が食べたいなと思っていたアスパラ入りのキッシュ、アスパラのごま和《あ》えなどもあった。最後にほかほかのごはんと豚汁も持ってきてくれて、ちゃぶ台の上は随分賑《にぎ》やかになった。

「……こんなに作ったんですか？」

「千春さんの好きなものをと思いまして、朝から準備を……」

それにしても作りすぎだろう。千春は呆気《あっけ》にとられた。

「いや……僕も多過ぎだろうと後から気付いたんですが……」

時すでに遅し、料理は完成していたということか。

「……ありがとうございます、ユウさん」

ユウは失敗したという顔をしていたのだが、千春に礼を言われて、照れ笑いを浮かべた。

「あ……これもどうぞ」

ユウがお盆の上に置いていた皿をちゃぶ台に置いてそう言った。

「サクラマスのソテーです。お弁当にも入れました」

「あっ、あれ、美味《おい》しかったですよ！　サクラマスがふっくらしてて……」

「じゃあ、熱いうちにどうぞ」

ユウの言う通り、ソテーはまだ熱かった。千春は早速一切れ皿に取っていただいた。

ふっくら柔らかく、風味豊かな脂が乗って、それでいてあっさりと、上品な味わいだ。レモンとバターの風味がさらにマスの味を引き立てる。

「美味しい～！　機内で食べた時は冷めてたんですよね。それはそれで美味しいけど、やっぱり作りたては良いですねえ」

千春は上機嫌でもう一口食べた。東京の弁当屋で買ったサクラマスも美味しかったが、これもやはり美味しい――。

突然、潮騒《しおさい》の音が聞こえた気がして、千春は耳をそばだてた。勿論《もちろん》、そんなものが聞こえるわけもない。

だが、聞いた気がする――波濤《はとう》が岩に当たって砕け、また引いて行く音を。海鳥の声を。

光子が語った、サクラマスにまつわる思い出が、千春にその音を聞かせたのだ。

彼女は後悔はないと言っていた。

そんなふうに生きられるかは、まだわからない。結果がわかるのは、きっともっと何年も、何十年も先のことだろう。

(だから、今はこの道を、歩いて行こう)

新しい場所で、新しい仕事を見つけて――と考えたところで、転職活動をしなくてはならないと思い出し、気持ちを引き締めた。何しろ、新卒時の就職活動だって採用試験に落ち続けて、かなり心が削られる思いをしたのだ……。

そのとき、ばたばたという足音と、人の声が聞こえた。今度は潮騒と違って気のせいではない、本物だ。驚いていると、失礼します～という声が聞こえてきた。

この声は……。

「えっ。はい、どうぞ……」

「ごめんね、騒がせて〜」

「悪いね、小鹿さん、ちょっとこれ置かせて……」

千春が返事をすると、黒川と熊野が襖《ふすま》を開け、わいわい話しながら入ってきた。

「いやあ、空港とか駅とかお迎え行ってると思ってたよ、ユウ君」

黒川にそう言われて、ユウはバツが悪そうな顔をした。

「そうしたかったんですが……」

「そのままデートだと思ってたからさ、まだ来ないと思ってたんだけど、玄関に女の人の靴あるからさ、あ、これ小鹿さん直接こっち来たんだなあって。小鹿さん、お帰り」

「あ、ただいま帰りました」

黒川は手にした袋をユウに渡した。

「なんですかこれ」

「ウ・ニ。市場行ってね、せっかく小鹿さん戻ってくるって聞いたから、夕ごはんにって思って……それで、夜はどうせユウ君の手料理食べるだろうから、冷蔵庫に仕込んでおいてあげようと……」

黒川はウニ、熊野は日本酒を持って帰ってきていた。

「そ、そんな、二週間しか離れてないのに、こんなにしていただくのは……」

「まあまあ、騒ぐ理由が欲しいだけだから」

黒川はそう言いながら、ちゃぶ台の上のザンギをひとつつまみ上げて食べてしまった。

途端、その熱さに驚いたように目を丸くする。

しばらく熱そうに格闘した末、黒川はなんとかそれを飲み込んだ。ほう、と息を吐く。

「いやあ、美味しいね、やっぱり揚げたてだ……っていうかもう始めてるんだったら、僕らも食べてっていいのかな」

いいのかな、と言いつつ、もう食べている……。

ユウは同じことを思ったらしく、呆《あき》れ顔で言った。

「もう食べてるじゃないですか。今お箸《はし》と取り皿持ってきますから、そこ座っててください」

「わあい、ありがとう」

黒川は座布団を自分で持ってくると、ユウの隣に陣取った。

「おいおい、黒川さん、買い物置いたらまた夜おいでって言っただろ。邪魔しちゃダメだって」

「あ、そんな気にしないでください……」

熊野が黒川を注意したが、千春はそれを止めた。

黒川は未練ありげにちゃぶ台の脚にしがみついた。

「イヤだ……ザンギが僕を呼んでいるんです……」

「ザンギは人を呼ばねえよ」

熊野は至極真っ当なことを言った。

「いいですよ、みんなで食べましょう。半端な時間ですけど、構いませんよね？」

ユウが皿と箸を持ってきて、黒川の前と、その隣に置いた。

「俺らはいいけどさ……」

熊野は千春を気にしている様子だったので、千春は彼の分の座布団も持ってきて、黒川と自分の間に置いた。

「いいんです。この方が、帰ってきたって感じがするんです」

「……そうかい、そう言ってもらえると、嬉《うれ》しいけどね」

熊野は座布団に腰を下ろした。

それぞれ好きなもので乾杯し、好きなものから食べていくと、本当に、帰ってきたという感じがした。ここが家になるのかな、と想像し、千春は一人で照れてしまった。

「あの、そうだ」

ユウが不意にグラスを置いて言った。

「僕たち結婚することにしました」

「………へあっ？」

千春の口から変な声が漏れた。黒川と熊野も啞然《あぜん》としている。

「えっ、そう、ですよね、千春さん」

「はい、でも、あの、ついさっきプロポーズされたばっかりですけど……？」

「あっ、早まりましたか⁉　そっか、そうですよね、ご両親に報告とかもまだだし……！」

「いや、大丈夫、大丈夫です、早まってないですよ！　ただ、びっくりして……」

二人であわあわと言い合っていたら、黒川と熊野が笑い出した。

笑いながら、二人は口々に言った。

「おめでとう、小鹿さん、ユウ君」

「めでたいね、おめでとう」

千春とユウは、二人で顔を見合わせ、互いに照れてしまった。

「ここに来たばっかりのユウ君なんてね、絶対懐かない猫みたいなもんだったからさ、いやあ、なんか感慨深いよ……」

「懐かしいねえ、ほんと良かったよ」

「でも、いいの？　小鹿さん」

「えっ」

黒川は、難しい顔で言った。

「ユウ君ってかなり面倒臭い人だよ。小鹿さんならもっと他にいい人いるかもよ」

「黒川さん⁉」

ユウが怒りの形相で声を荒らげた。

「ほら、怖いしさあ」

「結婚しますって発表した一分後にそんなこと言われたら、普通怒りますよね⁉」

「でもさ、ほら、断れない雰囲気で流されたって可能性もあるから、今のうちに確認しておこうかと」

「千春さんはそんな大事な場面で流されるような人じゃありません」

そう言いながらも、若干心配そうな表情にも見えたので、千春は念を押しておくことにした。

「大丈夫です。ユウさんが言ってなかったら私から言ってたと思います……」

「へぇ～」

黒川がにこにこ笑って、ユウの肩に腕を回した。

「よかったね、ユウ君。今の台詞《せりふ》聞けて」

「……そうですね！」

ユウは黒川の腕をそのままにして、ビールを一口飲んだ。照れているのか、顔が赤いのがわかった。

「よし、乾杯しよう」

そう言い出したのは熊野だ。熊野もいつもより随分浮かれている感じがした。千春もそうだし、ユウも、黒川まで浮かれていたと思う。

そのままの雰囲気で、皆それぞれのグラスを持って、腕を伸ばした。

「乾杯――ユウ君と小鹿さんに」

グラスを打ち合う、コツン、カツ、という音が響く。

熊野のグラスの中身はまだ日が高いからと麦茶だったが、彼はビールか何かのようにそれを呷《あお》って、勢いよくグラスをちゃぶ台に置いた。

そして、しみじみと感じ入ったように、ユウを見て微笑んだ。

「よかったなあ、ユウ君」

千春は、熊野の目尻《めじり》に光るものがあることに気付いた。

熊野は数年にわたってユウとひとつ屋根の下で暮らしてきた。ユウが家族と仕事を巡る問題を抱えてやや自暴自棄になって、バイクで自損事故を起こしたところから、ずっと彼を見て来たのだ。当時まだ心の傷を抱えていた彼が、人に向かって踏み込めるようになり、今、千春と結婚することを決めた……熊野には、それは思わず涙腺《るいせん》が緩むくらいの出来事だったのだ。

「へへ、ごめんな、湿っぽくするつもりはねえんだけど」

熊野は目元を手で隠すようにして、笑った。

「よかったなあ、小鹿さんに会えてよ……こんなに、大事にしてもらえて。ユウ君も、大事にしなくちゃあなあ……」

熊野の声が震えている。そんなにもユウを大事に思っていたのは熊野もなのだと気付いて、千春の目頭も熱くなった。

千春がぽろぽろと泣き始めたのを見た黒川が、焦った声を上げた。

「え……、そんな泣かれたら、こっちまでなんか、ちょっと……」

黒川の目も、いつの間にか潤んでいた。

彼は慌ててごまかすように目元を擦《こす》って笑った。

「わわ、伝染しちゃったよ～」

ユウは驚いた様子で、黒川と熊野を見て、感じ入った様子で頭を下げた。

「黒川さん、熊野さん……ありがとうございます」

千春も相変わらず半泣きのまま、グラスを手に持った。

「かっ、乾杯、しましょう……乾杯してくださいっ、皆さんに乾杯っ」

おお、とその場にいた全員がグラスを掲げて、互いに先ほどよりも強く打ち付け合った。ガチン、ガチガチ、と音が鳴り、皆、泣きながら笑い合った。

「あ、そういえばローストチキンも作ったんです」

ユウがそう言って立ち上がると、黒川がぎょっとした様子で言った。

「えっ……クリスマスかなんかなの、これ。やり過ぎじゃない……？」

「い……いいじゃないですか、別に……」

「そうそう、お祝いなんだから」

熊野も笑って、取り皿を追加で持って来てくれた。

そしてユウが持って来たローストチキンに、皆が歓声を上げた。皮はパリパリで香ばしく、ちょっとナイフを入れると肉の脂と肉汁がじわっと滲《にじ》むのだ。

「詰め物何入れたの？」

熊野に聞かれて、ユウが答える。

「今回はお米ですね、他は豆類と……」

「えっ、それって肉汁吸ったごはんが隠れてるってことですよね……?」

千春は思わず上擦った声を上げて確認し、黒川に笑われた。

ユウも笑っていたが、彼と目が合った千春は胸が一杯になってしまった。彼は、ひどく愛《いと》おしそうな眼差《まなざ》しで千春を見ていたのだ。

千春は赤面して黙り込んでしまった。

だが、努力して照れながらも顔を上げ、微笑むと、ユウはますます愛情でとろけたみたいな笑顔を返してくれた。

ローストチキン、ザンギ、コロッケ、イカ大根に、アスパラ入りのキッシュ。

いろいろな食べ物の匂いが入り交じって、くま弁の匂いを作る。

部屋に満ちたその匂いは、換気扇や窓から外へ出て、街の一部になる。

その日のくま弁は賑《にぎ》やかな笑い声で包まれた。

自分の心に生涯残るのは、きっとこういう場面なのだろうなと千春は感じていた。

豊水すすきの駅から徒歩五分。

本日のくま弁は、定休日だ。

本書は書き下ろしです。
この作品はフィクションです。実在の人物、団体等とは一切関係ありません。

弁《べん》当《とう》屋《や》さんのおもてなし

まかないちらしと春待《はるま》ちの君《きみ》

喜《き》多《た》みどり

令和元年 5月25日　初版発行
令和5年 12月15日　8版発行

発行者●山下直久

発行●株式会社KADOKAWA
〒102-8177　東京都千代田区富士見2-13-3
電話　0570-002-301(ナビダイヤル)

角川文庫 21634

印刷所●株式会社KADOKAWA
製本所●株式会社KADOKAWA

表紙画●和田三造

●お問い合わせ
https://www.kadokawa.co.jp/ (「お問い合わせ」へお進みください)
※内容によっては、お答えできない場合があります。
※サポートは日本国内のみとさせていただきます。
※Japanese text only

ISBN 978-4-04-108154-9　C0193

角川文庫発刊に際して

角　川　源　義

第二次世界大戦の敗北は、軍事力の敗北であった以上に、私たちの若い文化力の敗退であった。私たちの文化が戦争に対して如何に無力であり、単なるあだ花に過ぎなかったかを、私たちは身を以て体験し痛感した。西洋近代文化の摂取にとって、明治以後八十年の歳月は決して短かすぎたとは言えない。にもかかわらず、近代文化の伝統を確立し、自由な批判と柔軟な良識に富む文化層として自らを形成することに私たちは失敗して来た。そしてこれは、各層への文化の普及滲透を任務とする出版人の責任でもあった。

一九四五年以来、私たちは再び振出しに戻り、第一歩から踏み出すことを余儀なくされた。これは大きな不幸ではあるが、反面、これまでの混沌・未熟・歪曲の中にあった我が国の文化に秩序と確たる基礎を齎らすためには絶好の機会でもある。角川書店は、このような祖国の文化的危機にあたり、微力をも顧みず再建の礎石たるべき抱負と決意とをもって出発したが、ここに創立以来の念願を果すべく角川文庫を発刊する。これまで刊行されたあらゆる全集叢書文庫類の長所と短所とを検討し、古今東西の不朽の典籍を、良心的編集のもとに、廉価に、そして書架にふさわしい美本として、多くのひとびとに提供しようとする。しかし私たちは徒らに百科全書的な知識のジレッタントを作ることを目的とせず、あくまで祖国の文化に秩序と再建への道を示し、この文庫を角川書店の栄ある事業として、今後永久に継続発展せしめ、学芸と教養との殿堂として大成せんことを期したい。多くの読書子の愛情ある忠言と支持とによって、この希望と抱負とを完遂せしめられんことを願う。

一九四九年五月三日

弁当屋さんのおもてなし
ほかほかごはんと北海鮭かま

喜多みどり

「お客様、本日のご注文は何ですか？」

「あなたの食べたいもの、なんでもお作りします」恋人に二股をかけられ、傷心状態のまま北海道・札幌市へ転勤したＯＬの千春。仕事帰りに彼女はふと、路地裏にひっそり佇む『くま弁』へ立ち寄る。そこで内なる願いを叶える「魔法のお弁当」の作り手・ユウと出会った千春は、凍った心が解けていくのを感じて——？　おせっかい焼きの店員さんが、本当に食べたいものを教えてくれる。おなかも心もいっぱいな、北のお弁当ものがたり！

角川文庫のキャラクター文芸

ISBN 978-4-04-105579-3